結婚しない

白崎博史

ポプラ文庫

結婚しない

序文

女の一生は球技のボールに喩えることができる。

十六歳の女はサッカーボール。二十二人の男が彼女を追いかける。

二十六歳、女はホッケーのパック。八人の男が彼女を追いかける。

三十六歳、女はピンポンの球。二人の男が彼女を押し付け合う。

四十六歳、女はゴルフボール。一人の男が彼女の後をトボトボついて歩く。

五十六歳、女はドッジボール。誰もが彼女を避けようとする。たまにキャッチしようとする者もいるが、たいていは痛い目に遭う……。


ご存じの方もいると思うが、これは何年か前、職場の飲み会で耳にしたジョークである。

私の名前は谷川修司。横浜の明楓大学で社会学を教える講師で、今期は「結婚学」なる授業を担当している。

隣のテーブルから冒頭の小話が聞こえてきたとき、私は同席していた当時四十四歳だった女性学専門の同僚講師の顔を思わず見た。幸い彼女は別の人間とのおしゃべりに夢中で、その話を聞いていなかったらしく、私はホッと安堵の吐息を漏らしたものだ。もし聞かれていたら、ただごとでは済まないどころか、おそらく血の雨が降っていたろう。

女というものは、フェミニズムにやられていようといまいと、年を経るごとに「年齢」とか「結婚」という言葉に敏感になる。

これから私が書こうとしているこの物語のテーマは、その「結婚」である。当然そこには女性の「年齢」の話も関わってくる。私自身、現在四十六歳の独身男で、人のことをとやかく言えた義理ではない。自分の身の安泰を考えれば、できるならば避けたいテーマだ。が、あえてこの結婚問題に切り込み、その是非を世に問いたい……というほど大げさな話ではないが……まあ、書く決意をしたわけである。

結婚は、世の中の大多数の人々が通過すべきとされてきた人生の大きなステージのひとつである。ひと組の男女が確かに婚姻関係を結んだという事実を世間に知らしめる手段である結婚式は、誰もが主役になれる夢の晴れ舞台だ。しかし、みんながみんなその舞台の上に立てるというわけではなく、二〇一二年、日本の生涯未婚率は過去最高となった。

大雑把に言うと男性の五人に一人が一度も結婚しないまま五十歳を迎えている。中でも女性の未婚率の上昇はすさまじく、一九八〇年代後半と比べると、実に二倍近くになっている。いわゆるバブル時代、筆者が華やかなりし青春を謳歌していた頃までは、女性は街角で売られるクリスマスケーキにたとえられ、二十四歳までに買い手が現れないと、つまり結婚しないと「売れ残り」などと呼ばれ、価値が下落するというのが一般的な評価であった。ところが現在では、二十代前半で結婚する女性のほうが珍しい。かといって、三十代になればみんな結婚しているかというとそういうわけでもない。十年前と比べるだけでも、三十代前半の女性の未婚率は六・七パーセント、三十代後半になると八・五パーセントも上がっているのである。

なかなか嫁げない人たちにとっては、まさに出口の見えない真っ暗な穴に落ち込んだような状況と言えるだろう。しかも、その未婚の人々の中で、「いずれ結婚を」と考えている人は全体の八割を超える。が、その一方で、「一生結婚しない」と言う人の割合も緩やかではあるが確実に増加している。

「結婚しない」には大きく分けると「したくてもできない」と「したくないからしない」の二つがある。「結婚する必要を感じていない」のか、あるいは経済状況などの悪化によって将来に希望が持てないから「結婚など無理だ」と諦めてしまっているのか。それが問題なのだ……。

特に後者の場合、自分の人生すらままならないのに、他人の人生まで背負い込むことなどできない。そういった消極的な理由から、結婚に対して後ろ向きになっているのである。

今まさに、「結婚難」と言われる時代に私たちは生きている。

昭和三十年代までの家制度を主体とする婚姻では、結婚の条件はズバリ、家柄であった。しかし、家制度の縛りが弱まるにつれ、結婚に求める条件も個人的なものに変化した。

それが高収入、高学歴、高身長のいわゆる「三高」などといった言葉に代表される好景気の頃の女性における結婚相手の条件である。私がこの話を大学の講義でしたところ、男子学生から「あんたは何様なんだ」という当時の女性に対するブーイングが沸き起こったが、彼女たちに罪はない。当時はそれも普通だと思われていたのである。

しかし、経済状況が悪くなるに連れて、結婚相手に求められる条件は大きく緩和された。それが三高に対する「三低」である。低収入、低学歴、低身長……ではない。すなわち低リスク、低姿勢、低依存。低リスクは「安定した収入」。低姿勢は文字通り「偉ぶらない態度」、そして低依存は、「家事を含めて自分のことは自分でできる能力」を表す。

そしてさらに現在では「三平」、すなわち「平均的年収」「平均的外見」「平穏な性格」の三要素が、現代女性が求める理想の結婚相手の条件となっている。

要するにそこそこの年収があって、見かけもそこそこで、性格も派手でもなく地味でもない、要するに「普通がいちばん」ということなのだが、その「平均的」というのがクセモノなのである。

「平均的収入」として女性が希望する最低レベルは年収四百万円といわれているが、実は、年収四百万円以上の独身男性は全国で約百六十万人しかいない。それを元に計算すると、結婚適齢期とされる二十五歳から三十四歳の独身女性、三百九十万人のうち、約二百三十万人があぶれることになる。

もちろん、男性側も理想とする結婚相手の条件を掲げている。その中で女性との違いが顕著なのは、「ルックス」と「干渉されないこと」が上位にランクインされていることと。

この話をしたときの女子学生のブーイングは、前回の男子学生のそれを遥かに上回っていたことを付記しておく。

現代の結婚の九割が自由意思による恋愛結婚で、就職活動と同様に、結婚も自ら積極的に活動して獲得するものとなったわけである。

そこで考えてみたいのが、いわゆる「就活」と「婚活」の共通点である。

この質問を学生たちにしたところ、返ってきたのは「どちらも氷河期である」や「ご縁」が必要という答えであった。

かつて日本には、縁結びのシステムがあり、一九三五年には約七割がお見合いで結婚していた。恋愛に対して消極的な人にも、親族や会社の上司といった人たちが赤い糸を結びつけてくれていたのである。

しかし現在では待っているだけでは、「ご縁」など降ってくることはない。自分から、つながっていく相手を見つけにいかないことには話にならない。縁結びを人頼みにできない現在、結婚も「ご縁」と言う見えない糸を自力で探し、たぐり寄せる勘や腕力が必要とされているわけである。

さて、こうして結婚難が取りざたされている現代において、当の独身者自身よりも、ある意味、切実にこの現象と向き合っている人たちがいる。

例えば政治家。このまま少子化が加速して、年金制度が破綻することを恐れているという点においては正しい。ウェディング業界もしかり。結婚式が減るのは死活問題だから困るだろう。教育産業も頭を悩ましていることは間違いない。

だが、忘れてならないのは、独身者の親世代の人たちだ。彼らは子供の結婚相談所の入会金を工面したり、当の本人そっちのけで、親同士でお見合いをしたりもしている。

現代の結婚は、当人同士の自由意思によるものという大前提があるとはいえ、それだけとも言い切れない側面も垣間見えてくる。

あらためて問う。さて、結婚とはいったい誰のものなのだろう？

これから始まる物語の中に、私自身も谷川という実名で登場する。少し「盛って」書いているところもあるが、そのあたりは筆者の特権としてご容赦願いたい。

第一章

女ならきっと誰だってそうだ。美味しいものを好きなだけ、おなかいっぱい食べたい。嫌なことがあった日などはなおさらだ。

ダイエットのことなんか忘れて昼休みの時間いっぱい、とことん食べてやる——。

ショートパスタを乱暴にフォークの先で突き刺しては口元へ運ぶ田中千春を見て、職場の後輩の鈴村真里子が声をひそめて言った。

「千春さん……ショックなことがあるとヤケ食いに走るクセ、直した方がいいですよ」

「そうですよ」入社二年目の新人の森田淳がしたり顔で相槌を打った。「ダイエットで簡単にサイズダウンできるのも二十代までですよ」

「…………」

千春が手にしていたフォークを止め、淳の顔をじろりと睨んだ。

真里子が千春と同じ目つきをして「森田、イエローカード」と脅すように言う。

「あと一枚で、明日のランチおごりだからね」と千春が続けた。

「ええーっ」淳が、わざとらしいほど情けない声を上げる。「マジですか⁉」

再び猛烈な勢いでパスタを口に運び始めた千春を見て、真里子が小さくため息をついた。

「でもまあ、千春さんの気持ちもわかりますよ。元カレが結婚、なんて……」

「いや、私だって別に未練があるわけじゃないよ？」

そうなのだ。

圭介は、五年も前に別れた男だ。未練があるわけではない。五年ぶりの再会があんな形でやってくるなんて想像もしていなかった。ただそれだけだ。

それはその日の朝一番に起きた出来事だった――。

「結婚？」

印刷所から送られてきたばかりの、まだインクの匂いのする旅行案内のパンフレットを棚に並べながら、千春が答えた。

「そりゃしたいと思ってるよ、いつかは」

結婚する気はあるのか否かという、あまりにストレートな質問をぶつけてきたのは、千春より十歳年下の真里子だった。真里子の目下の最大唯一の関心事は結婚なのだ。

「いつかはって……」真里子は、受付カウンターで鳴っている電話のベルに負けまいとするかのように、千春のほうに顔を近づけて言った。

「いつですか⁉」

「うーん、いい人が現れたら？」

「そんなね、待ってるだけじゃ、いい人なんて永遠に現れないですよ」真里子が呆れたように目を見開いた。

「だいたい千春さん、前の彼と別れて何年ですか？　三年？　四年？」

「五年」

まるで人ごとのような口調で答える千春に真里子が大げさに顔をしかめた。

「あー、やだやだ！　三十までにはどんなことがあっても結婚したい！」

「私だって四捨五入すればまだ三十だし」

強がりを言う千春を、真里子がばっさり切り捨てる。

「来週から四十じゃないですか。今週末、誕生日でしょ、三十五歳の」

「年は言わなくていいから」

真里子は胸の前で手を合わせ天井を仰ぎ見て祈るように「ああ、どうか次にくるお客さんが、超お金持ちで超カッコよくて、彼女のいない独身男性でありますように」

最後まで言い終わらないうちに真里子が店の入口のほうを見て「あ、お客さん」と目を輝かせた。が、それもつかの間、次の瞬間にはまた元の表情に戻っていた。

「千春さん、お願いします」

「え？」

「カップルじゃ見込みありませんから」

そう言ってそそくさとパンフレットの整理を始めた真里子を、「仕事でしょ」と横目でひと睨みすると千春は接客カウンターに向かった。

「いらっしゃいませ……」

会釈してカウンターの向こうにいる二人連れを見た千春がその場で固まった。

なんとカップルの片割れが、こともあろうにたったいま真里子と話していた例の五年前に別れた「元カレ」の小島圭介だったのだ。

髪型が前よりサラリーマンぽくなって全体的に落ち着いた感じになっているが、昔の面影はほとんどそのまま残っている。

「圭介……？」

千春の呼びかけに圭介の目が驚きで大きく見開かれた。

「千春……？」

圭介の表情に一瞬困惑の色が浮かんだが、すぐにそれは笑顔に取ってかわった。

「久しぶり……何年ぶりかな」

「……五年、かな」

「驚いたな。いま、旅行会社なんだ？」

「うん、契約社員でね」

いつの間にか、勤め先を言うときは「契約社員でね」と続けるのが癖になってしまっていた。

圭介より明らかに年下と思われる連れの若い女性が、圭介と千春を交互に見て首をかしげた。

「ねえ、圭ちゃんの知り合い？」

「あ、えっと……」圭介は一瞬、言葉に詰まったがすぐに答えを見つけた。「大学の、サークル仲間。田中千春さん」

「へぇ、圭ちゃんの？　すごい偶然ですね！」

「はじめまして」とお辞儀する若い女性に、千春も慌てて頭を下げた。

「いえ、こちらこそ……ええと、圭介の彼女さん？」

「彼女っていうか……」

口ごもる圭介を見ると、その手元にはパンフレットが握られている。

『こだわりの極上ハネムーン』

――当店一番人気の、新婚旅行パッケージだ。

「……結婚、するんだ」

圭介の口から出た言葉が、すぐには理解できなかった。

（そっか、結婚するんだ……って、圭介が？　誰と？）

圭介の連れの女性は、あらためて「瞳です」と挨拶してから「新婚旅行のアドバイス、なにかいただけませんか？」と聞いてきた。

瞳です、だって。どのみち「小島」姓になるのだから、苗字まで名乗る必要はないということか……。

瞳のはずんだ声に、千春はふと我に返ってあわてて唇の両端を引き上げた。

「あ、そう、そうなんだ！　おめでとう！」

思わず声が上ずってしまう。千春は、助けを求めるように奥の真里子のほうを見たが、彼女は「アチャー」という顔をしているだけで動く気配はない。

「ま、まかせて！　おすすめのハネムーン、プランニングしてみせるから！」

千春はそう言うなり、側にあったパンフレットに手を伸ばし、すごい勢いでページをめくり始めた。もちろん、パンフレットの内容など目に入ってこない。ただ、圭介から視線をそらすことさえできればよかったのだ。

一生懸命にプランを選ぶフリをする千春に圭介が声をかけた。

「千春は？」

「え……」

「結婚の予定とか、ないの？」

「まあ、いつかはね」

いまはまだ結婚のことなど大して興味はないのだという風を装い、笑顔を返して見せることがそのときの千春にできる精いっぱいのことだった。


頭の中によみがえってきたその苦い記憶をふり払おうとするかのように、勢いよくランチプレートのパスタにフォークを突き刺す千春に真里子が言った。

「元カレが結婚って、やっぱりショックですよね」

「別に、未練があるわけじゃないんだけど……別れたの、なんとなく、だったから」

「なんとなく？」と森田が、不思議そうに眉を寄せた。

「うん、別にケンカしたわけじゃないし、嫌いになったわけでもないし。でも『結婚』って感じでもなくて、それで」

「それが、彼の方は一転して新しい彼女と結婚、ですか」

気の毒そうに言った真里子の言葉に森田がうなずいた。

「あ、でも俺、それわかります！　男って、三十越えると急に結婚しなくちゃって気になるみたいですよ」

「へえ？」千春は、食事の手を止めて森田を見た。

「二十代の頃はまだまだ世間的にも若者として見てもらえるけど、三十になると急に、男は結婚して家庭を持ってはじめて一人前、みたいになるって」

「女だってそうだよ」真里子が、森田に対抗するように言った。「ラストスパートかかるからね。そろそろ本格的に最終就職先を探さなくちゃ、って」

「いいなあ、最終って。男は結婚してからがスタートですからね」

わかったようなことを言ってため息をついてみせる森田に、千春も負けじと言う。

「女だってそうだよ、出産とか、育児とか」

「そうなんですよ！」森田の声のトーンが急に高くなった。「だから、できるだけ若い子の方が——」

ヒクッと頬が引きつるのを千春は感じた。

真里子が森田に刺すような視線を向ける。

「森田、レッドカード」

「え、ウソ。俺、なにか……って、あ……！」

自分の言ったことの重大さに気づき、青ざめる森田の頭を真里子の手がスパンとはたいた。

「痛ってえ」と頭をさする森田に、真里子が「自業自得」と一喝した。

ふだんなら笑うところだったが、千春は、そんなふたりのやりとりを眺めながら別のことを考えていた。

千春と圭介が付き合いはじめたのは、大学を卒業してしばらくしてから。ちょうど、いまの真里子と森田くらいのときだ。圭介が言ったように、大学時代は同じサークルの仲間にすぎなかった。

あのときに結婚してたら、今頃どんな生活を送っていたのだろう……。

ハネムーンのパンフレットをカバンにしまいながら、圭介が言った。

「じゃあな、千春もがんばれよ」

思わず「あ、うん」と返したが、いったい何をがんばればいいというのだろう。

「がんばれば……いつかはできるのかな、結婚」

千春のその小さなつぶやきは、誰の耳にも届かないまま、テラスを吹き抜けていく秋の風に運び去られていった。

「結婚する必要を感じないですね、私は」

桐島春子は、手にしていた設計図から顔を上げてつややかな笑みを浮かべた。

横浜山手の小高い丘の上に建つそのお屋敷の庭では、いままさに最後の造園作業の仕上げが行われようというところだった。

結婚する必要は感じないと答えた春子の言葉に、この屋敷の主の妻が「あら！」と意外そうな声を上げて言った。

「でも桐島さんは、こんなに素敵なお庭をデザインされるんだもの。ご自分でも幸せな家庭を持たなくちゃもったいないわ」

素敵なお庭というその言葉に関しては、決して彼女のお世辞ではないことを春子は知っていた。広々とした敷地を生かして庭の要所々々に花壇や噴水を配置し、その間を石畳の小道がゆったりと縫っている。そこで過ごす人が明るい気分になれるような、華やかで愛らしい印象の庭になるよう気を配り、それを十分実現したつもりだ。

「なんなら、私の部下でも紹介しましょうか」

そう提案してきたのはこの屋敷の主の有村公造だった。明治の頃から貿易で財を成した横浜でも有名な一族の末裔で、いまは大手の銀行の役員をしていると聞いた。その男の部下であれば、いわゆる「三高」のうちの二つはクリアしているに違いない。

若いころなら飛びついたかな、と、春子はちらりと考える。けれどいまはもう……。

春子は笑いながら小さくかぶりを振った。

年齢に関係があるわけではない。二十代の時も、三十代の時も、そして四十四歳になったいまだって、春子にはずっと夢中になれる相手がいた。

「ありがとうございます。せっかくですが、私、将来を約束した相手がおりますので」

「まあ、そうなの！」夫人が、女学生のように目を輝かせた。「どんな方？」

「この仕事です」

「え？」

目を丸くしている夫人に向かって、春子は白い歯を見せて答えた。

「こちらが情熱を傾ければ必ず応えてくれますし、絶対に裏切らない――私にとっては、最高のパートナーです」

「だいたい完成だな」

有村邸からの帰り道、春子が所属する会社〈ナチュラルガーデナー〉の上司、樋口亨が満足そうに言った。

「次のグランドヒルズのガーデンプランも、よろしく頼む」

「デザイン案、通るといいんですが」

もうすぐ、同業数社によるデザインコンペの結果が出るはずだった。自信が持てないものを出したつもりはないが、やはりナーバスにはなる。そんな春子を見て、樋口は笑った。

「君のデザインなら大丈夫だろう」

「そんな……」春子は樋口があくまでも仕事上の関係であることを強調するかのように、ことさら丁寧な口調で答えた。

「これもご指導いただいた、部長のおかげです」

「これが通ると大きなプロジェクトになるからな。がんばってくれよ」

「はい。では、私は一度、社に戻ります」

「わかった。俺は、今日は……」

(大切な結婚記念日ですものね……)

心の中でそうつぶやいてから、春子は樋口の言葉を継いだ。

「直帰ですね」

「……ああ」

とたんに歯切れの悪くなった樋口の姿を、春子はあらためてまじまじと見た。

デザイナーらしい都会的で垢抜けたファッション。五十二歳とはいえ、世間一般のいわゆる「オヤジ」とは明らかに違うが、若作りというのでもなく、それなりの落ち着きと貫禄も持ち合わせている。濃い色のシャツの光沢が、いつにもまして上品な雰囲気を樋口に与えていた。

「おめでとうございます」春子は、さっぱりと聞こえるよう歯切れよく言った。

「悪いな……」

「いいえ。なぜ謝るんですか」

「いやその……」

樋口は口ごもりながら、すまなそうに視線を逸らす。

「失礼します」

春子はくるりと踵を返して、樋口に背を向け歩き始めた。

春子は背中に目がついていればいいのに、と思う。そうすれば今、樋口がどんな顔をしているか見ることができるのに。

有村夫人に「桐島さん、ご結婚は？」と問われたときは、樋口とのことを見透かされているのかと思ってドキリとした。

春子が将来を約束した相手が仕事であると答えたことに嘘はない。小さい頃からずっと憧れていた仕事に就けて、嬉しかった。休みの日も時間が惜しくて出社して、草花や樹木の資料をめくり、デザインプランを練った。そんな春子をいつもそばで見守り、親身になってデザインのＡＢＣから教えてくれた樋口に恋をしてしまったのも自然の流れというものだったのかもしれない。

妻子があることも最初から知っていた。自分と一緒になってくれはしないことも、わかっていた。けれど、自分を押しとどめることも、諦めることもできなかった。

あの人のことだから、今日は奥さんのために花でも買って帰るのだろうか……。

知らず知らずのうちに頭に浮かぶ樋口の幻影を追い払うように、春子は地下鉄の駅に向かう足を早めた。

●

「結婚……？」

アルバイト先の花屋の店先に並べた花の配置を確かめながら、工藤純平が返したのは、ごくありきたりで平凡な答えだった。

「無理じゃないかなあ、僕は……」

純平の仕事ぶりを横で眺めていた河野瑞希が、不思議そうに首をかしげた。

「どうして?」

「人を幸せにするとか、きっとできないし」

「でも、先輩と一緒にいるだけで幸せっていう人もいるかもしれませんよ。一緒に人生を歩みたいって」

瑞希なりに励ましているつもりなのかもしれないが、三十一歳になっても絵の道では食べていけず、まだアルバイト生活を送る自分には、結婚などという言葉はまるで別世界の話だった。

一方、純平の美術大学時代の二年後輩である瑞希は、大学を卒業してからも制作を続け、最近では画壇も注目するプロの卵だった。今日、瑞希がこの店〈メゾン・フローラル〉を訪れたのも、来週から始まる彼女の個展の会場に飾る花選びをするためだった。

同じ美大の油絵科で学んだというのに、十年もしないうちに立っている場所がこれほどまでに違ってしまう。着実に自分の夢へと歩みを進めている瑞希に比べ、純平は自分だけが取り残されたように感じられた。

「僕なんかと一緒にいたら、ずっと同じところで足踏みしてるだけになっちゃうよ」

瑞希に背を向けたまま、自嘲気味にそう言った純平の言葉に、瑞希は「そんなこと」と首を横に振ったが、純平は聞こえないふりをする。

諦めたように小さく「帰ります」とつぶやいて店を出ようとする瑞希に、純平が作業の手を止めて言った。

「ギャラリーに映える花、選んでおくから」

取り繕うような純平の言葉に、瑞希が振り向いて頭を下げた。

「よろしくお願いします」

「個展、楽しみにしてる」

「ありがとう」

瑞希は笑ってみせたが、その顔はどこか寂しげだった。

瑞希の後ろ姿を見送る純平の前で自転車が停まった。

「遅くなりました……。お客さんですか？」

この店で純平と共に働いているアルバイトの麻衣。ここから、自転車で十分ほどのところにある明楓大学に通う現役の学生だ。

「あ、うん。大学の後輩」

「へえ、きれいな人でしたね。純平さんの彼女さん？」

「え？　違うよ」

「なぁんだ。まあ、純平さん、全然女っ気ないですもんね」

大きな瞳をクリクリさせて、からかうような口調で言った麻衣に、純平もつられて笑った。

「麻衣ちゃんこそ、彼氏とかいないの」

「いないですよぉ」

あはは、と声を上げて笑っていた麻衣が、ふと真剣な表情になってつぶやいた。

「彼氏がいたら、結婚とか考えるのかなぁ……」

まだ二十歳にもならない女子大生の口から出た結婚という言葉に、純平は思わず聞き返した。

「結婚？」

「現代社会学系の講義で、『結婚学』っていう授業があるんです。ちょうどさっき、その講義だったんです。これがけっこう面白いんですよ」

麻衣は、カウンターに荷物を下ろすと、純平を振り返って言った。

「純平さんは結婚とかって考えないんですか？」

まったく、なにがあったのだろう。自分が知らないだけで、今日は『結婚について考える日』なのかもしれない。八月七日が『花の日』と決められているみたいに。

「自分のことで一杯いっぱいだからね」

さっき瑞希にした返事とは違っていたが、意味は同じだ。

純平はそう言うと小さくため息をついていわし雲が浮かぶ秋の空に目を細めた。

●

仕事を終え、職場から石川町の自宅に帰った千春が玄関のドアを開けたとたん、リビングのほうからにぎやかな笑い声が聞こえてきた。足元の床を見ると、見慣れない男物の靴が一足きれいにこちらを向いて揃えられている。

誰か来ているらしい。

「ただいま」と声をかけたが聞こえなかったらしく返事はない。

もう一度、ただいまと言って、リビングのドアを開けかけた瞬間、中から妹の千夏の声が聞こえてきた。

「お姉ちゃんが結婚したら、私、陽ちゃんと、この家に戻ってくるつもりなんだけどな」

ドキリとして千春はその場で固まった。ここで入っていくのはあまりにも気まずい。

次に聞こえてきたのは、千夏の婚約者、陽一郎の声だ。

「僕から見たら、結婚していないのが不思議なくらいですけどね、お義姉さん……」

「ほんとになあ」と父の卓が続けた。「どうして、結婚できないんだろう――」

父の言葉をかき消すように、母の紀子が話に割って入った。

「ああっ！　そういえば、お色直しのドレスは決まったの？」

どうやら、母は自分の存在に気づいて話題を無理やり変えようとしているのだ。

母にそこまで気を遣わせる自分を情けなく思いつつも、千春は顔に思い切り特大の笑みを作ってドアを開けた。

「ただいま。ああ、お腹減った！」

食後のデザートも早々に切り上げ、千春は自分の部屋のベッドに寝転がって天井を眺めていた。夕食に出された母お手製のハンバーグも、好物のはずなのに食べたような気がしない。

千夏が結婚した後も、この家に自分の居場所はあるんだろうか……。

ぼんやりとそんなことを考えていた千春は、ドアをノックする音でふと我に返った。

「千春？　ちょっといい？」

母、紀子の声。

「あ、うん」

マグカップを載せたトレイを手にした母が入ってくると同時に、ふわりとコーヒーの香りが部屋の中に広がった。

「ねえ、千春……」

紀子が探るような目で千春を見た。「千夏が言ってたこと、もしかして聞いてた？」

母からカップを受け取りながら、千春が小さく「うん」とうなずいた。

「許してやりなさい。一応心配してるのよ、千夏なりに」

そう言う紀子もかなりの心配顔だった。

「わかってる」

「ねえ……千春」

ベッドの端に腰を下ろし、紀子が千春の目をのぞき込むようにして言った。

「本当に結婚のこと、どう考えてるの？」

「そりゃあ……私だって結婚したいよ」

「だったら、何か動かなくっちゃ。そろそろ自分の年齢のことも考えて、子供のことだってあるんだし」

「わかってるよ」

「なら、恋愛結婚にこだわらず、お見合いでも何でも……」

「言われなくても、わかってるって」

それにしても親というのは、どうしてこうわかりきっていることを言うのだろう……。

真里子が昼間言っていたように、ただぼんやりと「いい人」が現れるのを待っているだけではだめだということは、頭ではわかっている。わかっていても、そう簡単に実行できないのが現実というものなのだ。

「千春……本当にあなた、どうするの？」

面と向かってそんなことを切り出されても、答えようがない。どこかの政治家のように「前向きに善処します」では通らない。もう、こうなると逃げ場がない。

千春はベッドから下りて、そばにあった上着を羽織ると、あ然とこっちを見ている母に「ちょっと、出かけてくる」と言い残し部屋を出た。

コンビニでビールとつまみを買い込み、千春は家から歩いて二十分ほどのところにあるお気に入りの公園に行った。なにかムシャクシャすることがあると、この公園のベンチに陣取ってビールを飲む、というのがここ何年かの習わしになっていたのだ。こういうオジサンみたいなことをしているから、ますます縁遠くなっていくのだということはわかっていたが、ここで飲むビールの味は格別だった。

座るベンチはいつも決まっていた。

正面に噴水。その両脇に季節ごとにきれいな花を咲かせる植え込みがあり、夜になるとそれがライトアップされてなんとも言えず美しいのだ。

「結婚……ね」

二本目のビールを飲み干すと、千春はコンビニ袋に入っていた広告を取り出し、膝の上で紙飛行機を折った。酔いが回ってきているのか、出来上がった紙飛行機はまるで幼稚園児が折ったようにヨレヨレだった。でも、そんなことはどうだっていい。

千春は野球のピッチャーのように紙飛行機を頭の上で大きく振りかぶると「できればとっくにしてるっつーの」という言葉と一緒に、目の前の噴水に向かって思い切り投げた。

案の定、紙飛行機はすぐに失速して噴水の中に墜落していったが、その紙飛行機よりずっと遠くに飛んでいく物体があった。それは、千春が右腕にはめていたシルバーのブレスレットだった。ライトを受けてキラキラ光りながら放物線を描いて水中に消えていくブレスレット。思わず「アーッ」と叫ぶ千春の背後で、「ちょっと！」という声がしたかと思うと、ひとりのスーツ姿の女性が千春を押しのけるようにして靴を履いたまま噴水の中にザブザブと入っていった。

私のブレスレットを拾いに行ってくれたんだ……。なんて親切な人なんだろう。

「す、すみません」

ありがとうございます、と言いかけて千春は、思わずその先の言葉を飲み込んだ。

「早く拾わないと！」スーツの女は、ブレスレットが落ちた地点を通りすぎて、さらにその向こうまでバシャバシャと水を蹴散らしながら歩いて行く。どうやら彼女は、水に流されていく紙飛行機の方を追いかけているらしく「排水口に引っかかったら大変」などと言ってあわてている。

ええ、そっち……？　もしかして公園の管理人？

千春は彼女の後を追うように、急いで噴水に入っていった。もうだいぶ秋も深まっているから水はかなり冷たかったが、ブレスレットはすぐに見つかった。

無事、紙飛行機を回収し「あった、よかった」とホッと息をつきかけた女が、公園の時計に目をやったと同時に「あっ」と小さく叫んだ。

「やっぱりよくない」

女がそう言った瞬間、水面に突き出した噴水孔から水が勢いよく噴き出してきた。

頭上からスコールのような大量の水が降り注ぐ。

「きゃあああ」

深夜の公園に女二人の悲鳴がこだました。

噴水の真ん中に仁王立ちになったまま、二人はあっという間にずぶ濡れになっていた。

「こら、おまえたち。そこで何してるんだ！」

男の怒鳴り声と共に、懐中電灯のまぶしい光が二人を照らしだした。


それから十五分後、二人は最寄りの交番にいた。

二人をそこまで連行してきた中年の警官が、苦り切った顔で言った。

「最近、近隣から通報が殺到してるんだよねえ。夜中にあそこの噴水で素っ裸で泳いでる、酔っ払いがいるって……」

「だから私たちじゃありませんってば！」

取り調べ用の机の上をバンと叩いて言い返す千春の横で、スーツの女はまるで自分は関係ないとでも言うように、濡れた髪の毛を、警官から借りたタオルで淡々と拭いている。

「違います！　泳いでませんし、素っ裸でもありません！」

声を張り上げる千春に、調書を前にした警官はまだ疑わしそうな目を向けていた。

「でも飲んでたでしょ……。なんで酒なんか飲んでたの」

「そ、そんなことまで、言わなくちゃいけないんですか」

「調書は正確に作らないとね……。はい、何で？」

千春が、ふてくされた子供のような口調で答えた。

「元カレが……結婚すると聞きまして」

「ほう……」

「いや、別に結婚しててもいいんですよ？　別れてからもう五年たってますからね。ただ、ちょっと軽く先越されたショックというか、納得できないというか」

「つまり、腹立ちまぎれに酒をあおって酔っ払った……ということだな」

言いながら、警官は調書にペンを走らせる。

「勝手にまとめないで下さい」

「調書は簡潔に書かないといけないからね」

母親の紀子といい、この警官といい……今日はまったくついてない日だ。千春は聞こえよがしに大きなため息をついて、机の上に頬杖をついた。


疑い深い警官から二人が解放されたのは、そろそろ夜が明けようという頃だった。

「補導されるなんて、三十四年間生きてて初めて」

首をぐるぐる回しながらボヤく千春に、スーツの女がボソリと言った。

「四十四年でも初めてよ」

「よんじゅうよん?」

ぜんぜんそんな年には見えない……。

もう一度「よんじゅうよん」と聞き返そうとして、思わず声が裏返った千春を、スーツの女が「文句ある?」というような目でジロリと見た。

「ええっと、桐島春子さんでしたよね? 面白いですね、お互い春っていう字が入ってる」

春子のそっけない態度にもめげず、千春がはしゃいだ声を上げた。

「私、秋生まれなのに千春っていうんですよ。母がね、秋は淋しいけど、春がたくさん来ますようにって。あっ、春子さんはどんな……」

しゃべり続けようとする千春に、春子はまるでテストの終了を告げる試験官のような口調で言った。

「やめておこう」

「はい？」

「お互い、忘れよう」

これもなにかの縁かと思ったが、どうやら彼女は自分のことに興味はないらしい。

「まあ、それもそうですね」千春は、春子にならってクールな態度を装ってうなずいた。

「じゃ、お互い何もなかったってことで」

「さよなら」

それだけ言って回れ右した春子に、「それじゃ」と言おうとした千春の口から飛び出したのは、言葉ではなく特大のクシャミだった。

風邪を引いてしまったのか、クシャミと共に強烈な寒気に襲われ、千春は思わず腕で自分の身体を包んで、水から上がった犬のように全身をブルブルと震わせた。

脱衣場から出てきた千春が、リビングにいた春子にペコリと頭を下げて申し訳なさそうに言った。

「このシャツ、ちゃんと洗って返しますので……」

「いいから。返さなくて」

「え？」

「さっきさ『お互い忘れよう』って、言ったよね」

つっけんどんに答える春子に、千春が首をすくめるようにしてうなずいた。

「……でした、ね」

それを母性本能とでもいうのだろうか。春子は、道端でブルブルと身体を震わせる千春を見て、ついそのままにしておけなくなり、自宅のマンションに連れてきてしまったのだ。

窓の外にはすでに朝日が昇っている。

朝のコーヒーを淹れようとキッチンに向かいかけた春子に、千春が声をかけた。

「この写真……昨日の噴水公園ですよね」

振り向くと、千春が窓際に飾ってあるフォトフレームの写真を覗きこんでいた。

「なんで、あそこにいたの？」

訊ねた春子に、千春が少しはにかみながら答えた。

「昔から好きだったんですよね、あの公園……。落ち込んだときとか、よく行くんです。あ、知ってました？　夏になると、虹が見えたりするんですよ、あそこの噴水」

あの公園は春子がデザインと設計を手がけた公園で、とりわけ愛着のある公園だった。それだけに、春子は自分が褒められたような気がして思わず顔がほころぶのを感じた。

「昨日も、元カレが結婚するって聞いて、それで……」千春がそう言うと深々とため息をついた。「結婚かあ……私、もう結婚できないのかなあ」

「別にいいんじゃない？　しなくても」

「え？」

「無理にする必要ないと思うけど」

サバけた調子で言った春子の顔を、なにか珍しい物でも見るような目でしげしげと見る千春に、春子が「なに？」と聞き返した。

「あ……いや、そういうこと言う人、初めてだなと思って」

なるほど、と春子は思った。三十代半ばというのは、みんな最後のチャンスとでも思っているのか、周りが一番うるさいときだ。春子自身も、一番悩み、傷ついた年頃だったといえる。いま思い返せば、「結婚できない」が「結婚しない」に変わるまでには相当な時間と覚悟が必要だった。

春子は二つのマグカップにコーヒーを注ぐと、一つを千春のほうに差し出した。

「ありがとうございます！」

千春はプレゼントでももらったように顔を輝かせ、春子から受け取ったカップのコーヒーをすすった。

「ああ、おいしい」

満面の笑みを浮かべる千春を見て、春子が小さく微笑んだ。

「落ち込んだり和んだり、忙しいね」

「よく言われます」

「ところで」春子が、ニコニコ顔でコーヒーをすする千春のほうをうかがい見た。「和むのは構わないんだけど、大丈夫？」

千春はキョトンと「え？　何が？」

「時間」と春子。

「いや、だってまだ……って、ここ家じゃないんだった！」

千春の家から桜木町のオフィスまで、ドアツードアで三十分あれば行けるが、ここからは駅まで歩くことも考えれば少なくとも四十分はゆうにかかる。

千春はあわててコーヒーカップを置くと、あたふたと荷物をまとめた。

「じゃあ私、これで失礼します！　お借りしたものはいずれちゃんと」

「だからいいって」

「そうでした！　じゃ！」

さっきドライヤーで乾かしたパンプスをつま先で引っ掛けるようにして履くと、千春は家を飛び出していった。

駅までの道のりを急ぐ千春の脇を走り抜けていった一台のバイクが、突然、派手なブレーキの音を立てて目の前で停止した。

「…………？」

運転していたのは黒い革のライダースーツ姿の女……春子だった。

ヘルメットをつけたまま、春子が振り向きざま言った。

「乗って！」

「え？」

「早く、後ろ。急いで」

有無を言わせぬ口調で、春子は脇に抱えていたヘルメットを千春に押しつけるようにして渡す。千春は言われるがままヘルメットをかぶりバイクの後部座席にまたがった。高校生のとき、親に秘密で男友だちのバイクに乗せてもらって以来、じつに十七年ぶりのオートバイ。

「行くよ」の声で、千春は春子の身体に回した腕に力を込めた。

千春を乗せたバイクは、まるで弓から放たれた矢のような勢いで長い坂道を一気に駆け上がっていく。すごい勢いで景色が後ろに流れ出し、頬に当たる風は緑の匂いがした。ぴったりと寄せた春子の身体の温もりを感じながら、千春はこのままどこか遠くの海へでも行ってしまいたい気分になった。結婚のことなど考えたこともない、悩みらしい悩みもなかった、あの高校生だった頃のように……。

「着いたよ」

春子の声でふと我に返った千春の目に飛び込んできたのは、勤め先の入り口に掲げられた旅行代理店のロゴマークだった。

第二章

千春を勤め先まで送ったあと、いつもより五分遅れて本牧のオフィスに到着した春子を、良いニュースと悪いニュースが待っていた。

良いニュースは、グランドヒルズのガーデンプランのコンペで、春子が出していたデザイン案が通り、急きょ社内でプロジェクトチームが組まれることになったこと。

そして悪いニュースは、そのプロジェクトチームの第一回の発足会議に、発案者である春子が招集されていないということだった。

自分がどうして会議に参加できないのかと詰め寄る春子に、樋口はなだめるように「今日は、君に別の案件をお願いしたいんだ」と言って、一枚のショップカードを示した。

「ここを見てきてくれるかな。系列の子会社なんだが……」

「メゾン・フローラル……?」

「最近、業績が落ちていてね」樋口が続けた。「君にそこを見てもらって、率直な感想を聞かせて欲しいんだ」

そういうことは営業部やマーケティング部門がやる仕事のはずだ。なぜデザイナーの自分なのかわからない。が、樋口なりになにか計算があってのことなのだろう。それでもどこか心に引っかかるものを感じながら「わかりました」とうなずく春子に、樋口が声を落として言った。

「それと週末、時間をとれるか？　ちょっと話がしたいんだが……」

春子は樋口の目を真っ直ぐに見据えて言った。

「仕事のことでしたら」

「……もちろん、そうだ」

「出社するようにします」

春子は樋口のデスクに置かれたショップカードを手にすると、「失礼します」とだけ言って部屋を出た。

自分の机に向かってあれこれ考えていてもしかたがない。とりあえず午前中にすべての日常業務をこなし、午後一番で春子は伊勢佐木町にあるその花屋に向かうことにした。


路肩に停めたバイクのエンジンを切り、ヘルメットを脱ぐと春子はその店の看板を見上げた。

ＭＡＩＳＯＮ ＦＬＯＲＡＬ――

規模こそ大きくはないが、全体的にセンスのいい店だった。店先に並んだ花とショウウインドウの中に飾られた花がバランスよく配置されている。

バイクから降りて店の入口に立った春子に、エプロンをつけた若い女性店員が「いらっしゃいませ」と声をかけた。

「どうも」を返し、春子は、店の中を見回した。彼女の他に、スタッフは見当たらない。

「こんにちは。店長さんはいらっしゃいますか？」

春子は名刺を差し出して言った。

「次のプロジェクトで何かお願いすることになるかもしれないので、ご挨拶を」

普段あまり名刺など受け取ることはないのだろう、おずおずと受け取った名刺に目を落とした店員が驚きの声を上げた。

「ナチュラルガーデナー……ああ、本社の……ガーデンデザイナー？　デザイナーさんなんですか、かっこいい！　私、ここでアルバイトをさせていただいている佐倉麻衣です」

そう言ってお辞儀すると麻衣は、店からいったん外に出て、店舗脇に停めたバンから積荷の花を下ろしていた若い男に向かって声をかけた。

「純平さん！　本社の方が……」

彼女を追って表へ出ると、賑やかな子どもたちの声が聞こえてきた。

「ねえねえ、じゃあこの色は？」

「それよりこっちの色だよ」

口々になにか言いながら、その純平という青年にまとわりついている。

「また、いいように子供に遊ばれて」と呆れ口調で言った麻衣に、純平が困り顔で答えた。

「いや、別に遊ばれてるわけじゃ……」

そう言っているそばからひとりの子どもが純平に向かって声を張り上げた。

「ねえ、あのオートバイの色はなに色？」

少年が指さしたのは春子が乗ってきたカワサキのバイクだった。色は特別注文した赤。

「きれいな赤だね」純平はしばらく春子のバイクに見入ってから言った。

「スカーレットレーキ、かな」

絵の鑑定でもしているような口ぶりがおかしくて、春子は思わず噴き出した。

それでようやく春子の存在に気づきあわてて「いらっしゃいませ」と頭を下げた純平に、春子が店長さんですかと聞くと、純平はとんでもないというように顔の前で手を振った。

「いえ、違います。新しい店長が来週から来るはずなんですけど……いまは僕と彼女の、バイト二人でやってます」

「そうですか」と相槌を打ってから、春子が感心したように言った。

「スカーレットレーキ……確かに。油絵の具の名前ですよね？」

「そうだったんだ？」麻衣が目を丸くして純平を見てから、春子に言った。

「よくわかりましたね」

「デザインの勉強をしたときに、ちょっとね」

「デザイン？」青年が聞き返した。

「はじめまして」春子は、慣れた手つきで純平に名刺を差し出した。「本社のガーデンデザイナー、桐島と申します」

「かっこいいですよねえ！　ねえ、純平さん？」

「うん」

子どものようにうなずき合う二人を見て春子が言った。

「そんなに褒めてもらったら、何か買わないわけにいかないわね」

「ほんとですか？　ありがとうございます！」と麻衣がぺこりと頭を下げた。

「商売上手だねぇ」

笑いながら、春子はぐるりと店内を見渡して言った。

「じゃ、そこのスカーレットレーキの……」

「ガーベラですね、ありがとうございます」

純平はガーベラの花を何本か見繕うと、春子が思わず見入ってしまうほど見事な手さばきで花束を作り始めた。

●

春子が花屋でガーベラの出来上がりを待っている頃、千春は横浜駅近くのイタリアンレストランで学生時代のサークル仲間と会っていた。近況報告会である。

なぜこの時間なのかというと、「平日の昼時しか自由になる時間がない主婦」に合わせたためで、出席者四人のうち二人が既婚、千春を含め二人が未婚で仕事を持っていた。

日替わりパスタを食べた後、お代わり自由のコーヒーをひと口すすって美加子が言った。

「週末はダンナがいるし。自分の時間なんて、この一瞬しかないからね」

「そうだよね」と由香里がうなずく。「千春はいいなあ。全部自分の時間じゃない」

「あーあ、時間もお金も自分のためだけに使えるなんて、ほんと、うらやましい！」と美加子がため息をつく。

聞きようによっては完全に嫌味だ。特に由香里などは人も羨む玉の輿に乗っていまや社長夫人。家事なんてお手伝いさんにまかせておけばいい有閑マダムのはずなのに、本人にそんな自覚はない。

「まあね。独身生活満喫中！　なんて」と自虐ネタで笑わせると、千春は美加子に抱かれてスヤスヤ眠っている赤ん坊の顔をのぞき込んだ。

「それで？　どうだったの？　出産」

「もう、大変！　体力の衰えを実感したよ。千春もつぐみも産むなら早くしないと」

そう言って美加子がひとしきり子育ての大変さを説明すると、由香里が神妙な顔をしてうなずいた。

「そうだよ。つぐみだって千春だって、もう三十五なんだから」

「いや、ほんとそうだよね……って言っても、相手がいないとこればっかりは……」

ぼやくように言って、もうひとりの独身仲間を見る千春に、名指しされたつぐみが取ってつけたように「う、うん」と歯切れの悪い返事をした。

タクシーで帰った主婦組と別れた後、駅に向かって歩きながらつぐみが「フー」とため息をついて言った。

「まあ『今度はウチに来て』って言われても、平日夜じゃ当分ムリだし、そんな幸せな家庭見せられてもねえ……」

全国紙の記者としてバリバリ働いているつぐみは、就職では勝ち組に入ったものの、私生活ではいわゆる「負け犬」だった。

「いつの間にかみんなにおいてけぼりくらったね」と千春。

環境が違えば、しゃべる話題もずれてきてしまうのはしょうがないが、結婚している友だちの話といえば、子どもの話かダンナや姑にまつわる愚痴がほとんどで、学生時代のことを思うとどうしてもうら寂しいような気持ちになる。が、それにしても今日のつぐみは元気がない。

そう思っていたら、案の定「じつは私、このあいだ彼氏と別れたばっかりなんだ」とつぐみが切り出した。

「え……？　そうなんだ」

突然の告白に、うまい慰めも思い浮かばない。

「だから、千春も安心してね！」つぐみが妙にテンションの高い声で言った。

「ね、仕事終わって暇なとき、二人で飲もうよ」

明らかにつぐみのカラ元気とわかったが、千春もそれに合わせた。

「うん、飲もう、飲もう！」


いつもより十分ほど遅れて昼休みから戻った千春を、一人の来訪者が待っていた。

大学で同じサークルに所属していた久保裕司だった。

「なんで、ここのこと……？」

カウンター越しに聞いた千春に、裕司は頭に手をやりながら「圭介から、ここで会ったって聞いてさ」と言って照れたように笑った。

「あ……そうなんだ」

千春の脳裏に、婚約者を連れてやってきたときの圭介の嬉しそうな顔がよぎる。

「ちょっと相談に乗ってもらえないかと思ってたんだよ」

裕司はそう言ってアタッシュケースの中から書類のようなものを取り出してカウンターの上に置いた。「実は、社員旅行の幹事になっちゃってさ……」

もしや圭介の結婚パーティーの司会でも依頼されるのではと思っていた千春の心は一

気に軽くなった。

「もちろん！　私でお役に立つなら喜んで。何人くらいなの？」

「十五人くらい。オヤジばっか」

「じゃあやっぱり温泉かな」

条件や希望などを聞きながら、千春は裕司の前にパンフレットを広げていく。

「結構あるんだな」などと言いながらパンフレットを覗きこんでいた裕司がふと顔を上げて千春を見た。

「千春、今晩って空いてる？」

「え？」

「飲みながら相談に乗ってもらうのって、どうかな？」

「生ビール一杯、おごりなら」

「商談成立！」

裕司が白い歯を見せてニッと笑った。

●

「とうとう圭介も結婚するかあ」

待ち合わせした居酒屋のカウンターに頬づえをついて、裕司がため息混じりに言った。

「うん……」千春は曖昧にうなずくとその先の言葉をビールと一緒に飲み込んだ。

「俺、あいつにだけは先越されないと思ってたんだけど――」

ふいに裕司が言葉を途切らせた。かつて千春が圭介と付き合っていたことを思い出したらしい。

「悪い」バツが悪そうに顔をしかめた裕司に、千春は首を振った。

「いいよ。私も自分のほうが先に結婚すると思ってたし」

「いや、ほんと悪かった。俺、千春が相手だと、つい気ィ遣わずにしゃべっちゃって」

「へえ、他の人には気を遣ってるみたいな言い方だね？」

「なんだよそれ、俺が気を遣ってないみたいな言い方だな」

裕司と顔を見合わせて笑いながら、千春はまるで自分が学生の頃に戻ったような気がした。

「変わらないな、千春は……俺、来月でもう三十五だよ」

「私なんか今週末だよ」

「ああ、そっか」

本当に時がたつのは早い。三十歳を過ぎるとなおさらだ。毎日のように顔を合わせていた頃から、いつの間にか十年以上の月日が過ぎてしまっていた。

「なんかさあ」裕司が言った。

「この歳で独身だと、周りからの視線が痛いよな」

「ああ、わかる！『なんでこの年まで？』っていう……」

「そうそう！なんか特別な理由があるんじゃないかっていう目で見られるんだよな。別に普通なのになぁ、俺たち」

「普通だよ、いたって」

千春も、こくこくと頷いて裕司に同意する。

「でもまあ、俺も二十代の頃は、三十五くらいまでには結婚してると思ってたな」

「私もそうだよ」

「だからほら」裕司が急に思い出したように千春のほうに向き直った。

「お前と約束したじゃん？」

「え？」

「三十五までお互いひとりだったら結婚しよう……って」

「…………！」

一瞬ドキリとした。なにかの飲み会の帰り道、二人肩を並べて歩きながらそんな話をしたことを千春は思い出した。

「言ったね、そういえば」

「なつかしいなあ、あれ何年前だっけ……」

ひとりで顔が赤くなるのがわかった。

千春は「えーと」などと言って思い出すふりをしながら、そわそわとメニューをめくったが、当然、なにも頭に入ってこなかった。

●

「『三十五まで独身だったら結婚しよう』って……。ちょっとそれ、プロポーズじゃないですかっ！」

目をまん丸にして、オフィス中に聞こえるような声で叫ぶ真里子に向かって、千春はあわてて「シーッ」と唇の前に人さし指を立てて言った。

「いや、でも、当時は軽いノリで言っただけだから」

「でも覚えてたんでしょ？　お互いに」真里子がウフフと含み笑いをして言った。

「知ってますよ、一昨日もデートだったって……」

千春はあくまで冷静を装った。

「いや、ちょうど有給取ってたから、社員旅行の下見につき合っただけだよ」

「立派にデートですよ！　それで、次に会う約束は？」

「明日……」

「明日って土曜日……あっ、千春さん、誕生日じゃないですか！」

「うん、まあね」

「やったじゃないですか、千春さん！」

「下見につき合ったお礼ってだけだから」

千春は「お礼」という言葉をことさら強調した。

だが、真里子はそうは思っていない。

「ねえ、千春さん。その人なんじゃないですか？『いい人がいれば』の『いい人』って……。いいですか、千春さんがいままで出会った全ての人を『結婚してもいい人』と『結婚したくない人』の二種類に分けるんです。そしたら、彼はどっち？」

まるで厳格な家庭教師のような口調で聞く真里子に、千春は思わず口ごもった。

「それは……」

「ね？」真里子は、ホラ見なさいという顔で断言した。

「出会いがないなんて言うけど、案外、見過ごしてるだけ、なんですよ」といっぱしの恋愛マスター気取りである。

そこまで言われたら千春だってもう否定しきれない。

「そうかも……ね」

「よーし、千春さん。その調子でゴールまで行っちゃって下さい！」

真里子が腕まくりするような勢いで言った。

「私も続きますから！」


真里子の勢いに背中を押されて気分が高揚したのか、その夜、千春は春子の住むマンションを訪れた。

部屋に灯りがついていないので、エントランスの前で待っていると二十分ほどして春子が帰ってきた。

「おかえりなさい」と声をかけた千春を見て、春子は一瞬、ギョッとした表情を浮かべた。

「……どうしたの？」

「これ、返しに来ました」

そう言って千春が会社のロッカーに入れておいた紙袋を春子に差し出した。中には春子から借りた洋服が一式入っている。

「別によかったのに」

「いいえ！　やっぱり借りたものは返さないと」

「変なとこ律儀だねぇ。わざわざどうも」

千春から紙袋を受け取り、エントランスをくぐろうとする春子の目の前に、千春がもう片方の手に提げていたスーパーの買い物袋を差し出してニッコリ笑って言った。

「夕飯、まだじゃないですか？」

●

キッチンに向かい、鼻歌まじりで包丁を振るっていた千春が声をはずませて言った。

「こう見えて、けっこう料理得意なんですよ、私」

テーブルの上にはすでに三皿の料理が並んでいる。その料理を品定めするように眺めながら春子が聞いた。

「何かいいことあった？」

「え、わかります？」

振り返った千春の顔には溢れんばかりの笑みが浮かんでいる。

「すっごく、わかりやすい」

「よく言われます」

できあがった料理を皿に盛り終えると、千春がはにかみながら言った。

「三十五になってもひとりだったら結婚しようって……」

「え？」

「そう約束してた友だちと、再会したんですよ」

「友だちと……？」

「彼もその約束、覚えててくれたんです……。もしかしたら、約束通りになるかもしれないなって」

昔の約束……。甘いと同時に危険な香りのする言葉だと春子は思った。

「変に、期待しない方がいいと思うよ」

あらよかったじゃない、とでも言っておけばいいのだろうが、春子はそういった心にもないことが言えない質なのだ。

「え？　どうして」

きょとんとした表情を浮かべて自分を見ている千春に、春子が聞いた。

「その約束をしたのは、いつ？」

「ええと、お互い二十代の時だから……もう五年以上前？」

「二十代の約束と、いまの約束は違うよ」

二十代は、まだ無邪気でいられる。たくさんの友だちに囲まれて、毎日のように誰かと会うことができた。仕事でも私生活でも、だんだんできることが増えていった。自分が老いることなど想像もつかなくて、目の前にはまだまだたくさんの可能性や選択肢が残されていると思い込んでいた。だから、そのぶん約束の重みだって軽かった。ちょうど、子どもたちが、明日も絶対ここで一緒に遊ぼうねと約束し合うように。

「そうかもしれないけど」千春が唇をとがらせた。「約束は約束じゃないですか」

「寂しいのもわかるし、焦るのもわかる……。でも、昔の約束にすがるのは、やめたほうがいいよ」

「わかってます、そんなこと。でも私、やっぱり結婚したいんです」千春はわずかに目を潤ませた。

「信じるのって、いけないことですか？」

いけなくはない。いけなくはないが……。昔の約束が守られるなら、自分だっていま頃、こんなふうにひとりで暮らしてなんかいなかったはずなのだ。でも、いまここでそんなことを千春に言っても仕方がない。

黙ったまま、頭の中で言葉を探す春子に見切りをつけたように、千春はかすかにため息をついて言った。

「帰ります……」

「あ……」

止める間もなく、千春は部屋を出ていく。

呼び戻しに行ったほうがいいのか、春子が椅子から立ち上がってドアのほうに行きかけたとき、部屋のドアが開いて千春が顔をのぞかせた。

「おかず、余ったら冷凍して、チンして食べて下さい」

それだけ言うと、再びドアは閉まった。

「難しいね、どうも……」

春子はひとりつぶやくと、テーブルの上を見た。

きれいに盛られた料理は、本人が言う通り確かに上手い。ひとりで食べるには、もったいないなと思った。

山手という場所柄もあるが、それにしても豪華なレストランだった。シックに飾り付けられた店内を見回しながら千春が言った。

「素敵なお店だね」

「だろ？　俺のとっておきだから」得意げにうなずくと、裕司が千春に向かってゆっくりとお辞儀をした。

「というわけで、三十五歳の誕生日、おめでとうございます」

「ありがとうございます」

千春もうやうやしくお辞儀を返して、おどけた調子で続けた。

「でも年齢は言わないで」

アハハと笑うと、裕司が千春のほうに身を乗り出して言った。

「でもさ、正直なところ、年齢って嫌でも意識するよな」

「え……？」

「この年になるとやっぱり、次につき合うヤツとは結婚するんだろうなって思うからさ」

「うん、そうだね」

胸の鼓動が急に速くなった。思わずゴクリと唾を飲み込みそうになり、千春はあわてて裕司から目をそらした。

裕司がふと口元に笑みを浮かべると、遠い目をして言った。

「あの頃、結婚してたら……いま頃どうなってたかな」

「あの頃って？」

「ほら、こないだ言ったろ？『三十五になってもひとりだったら』って約束した頃」

どういう意味だろう。「えっ」という顔をした千春に裕司が続けた。

「きっといい家族になってたんじゃないかな」

「そう、かな……」

照れくさ過ぎて、千春はそれだけ言うのがやっとだった。

「もう子供もいてさ、一人じゃなくて、二人とか三人とか。俺、そういうのが理想の家族なんだよね」

そこまで言うと、裕司はひとりで「へへへ」と笑って「こりゃあ、相当若い嫁さんもらわないといけねえな」

「えっ……？」

自分の耳を疑う千春をよそに、裕司はなおもしゃべり続ける。

「いやあ、『三十五になってお互いひとりだったら』か……。俺も若かったよなあ。あのときは深く考えなかったけどさ、俺が三十五になってたら、お前だって三十五なんだよな」

なに言ってんの当たり前じゃない、と突っ込むことすらできなかった。裕司が求めていたのは自分じゃない……。

目の前で顔色を失っている千春に気づくこともなく、裕司がさらに追い打ちをかけるような言葉を口にした。

「やっぱり、昔の約束は、昔の約束だよな」

「そ、そうだよ……！」

ここで取り乱したりしたら女がすたる。千春は、最初からなんとも思ってなかったような風を装ってうなずいた。

「時間は確実に流れてるんだから。裕司もがんばって早く若い恋人見つけないと！」

「って、お前もだろ。早くいい彼氏見つけろよ」

そうこうしているうちに、テーブルにシャンパンが運ばれてきた。グラスの底から立ち上る細かな気泡を見つめながら、千春は自分の言葉をかみしめていた。時間は確実に流れている。私ももう、三十五歳だ。

「誕生日、おめでとう！」裕司がグラスを掲げた。

「ありがとう！」精いっぱい唇の両端を引き上げ、千春は笑みを作った。

豪華だったけど味気のないディナーだった。

途中まで送るという言葉を断り、裕司とはその店を出てすぐ別れた。

重い足取りで駅に向かって歩いているとバッグの中の携帯電話が鳴り出した。

ディスプレイにはつぐみの名。同じ独身恋人ナシ仲間。それにしてもなんというタイミングなのだろう。彼女なら、いまの自分の気持ちをわかってくれるはずだ。

スピーカーから聞こえてくるつぐみの声は遠慮ぎみだった。

――ごめん、突然。

「いいよ、全然！　どうしたの？」

――あのさ、今から会えるかな……。

「もちろん！」千春は二つ返事で答えた。「私もさ、ちょっとパーッと飲みたい気分だったんだよね」

――あ、ごめん。飲みは、ダメなんだけど……。

どこか歯切れの悪いつぐみの口調を気にしつつ、千春は三十分後に会う約束をして電話を切った。


二人が落ち合ったのは、学生時代によくお茶をしたカフェだった。

オレンジジュースを一口飲むと、つぐみが、言いにくそうに切り出した。

「私……結婚することになった」

「えっ？」

手にしていたコーヒーのカップを危うく取り落とすところだった。

「子どもが出来たの」

「子ども？」

「あの後、病院で検査したら妊娠してて……彼に話したら、やり直そう、結婚しようって」

絶望と希望という言葉が千春の頭をよぎる。まさに千春とつぐみの明暗がハッキリした瞬間だった。

つぐみが申し訳なさそうに頭を下げた。

「ごめん、千春」

「や、やだな！　なに謝ってんの！」千春はあわてて笑みを浮かべた。

「すごいじゃん！　おめでとう、つぐみ！」

うまく笑えた自信がない。もしかしたら顔が引きつっていたかも……。

千春はつぐみの両手を包み込むように握ってもう一度言った。

「幸せになってね。ほんと、おめでとう」

つぐみの頬を涙がひと筋伝い落ちていく。

泣きたいのは、千春のほうだった。

●

気がつくと千春は元町の商店街をひとりで歩いていた。

ほとんどの店舗は閉店していて、人通りも少なくなっていたが一軒だけ明々とライトに照らしだされている店があった。

昔からある宝石店。何の気なしにそこの前に立ち止まり、ショーウインドウをのぞくと「秋のウェディングジュエリー」と書かれた宣伝用ボードの下で、誰かがディスプレイ用の花を活けているところだった。

「私にはぜんっぜん関係ないし……」

ひとりつぶやいて、再び歩き出そうとしたそのとき、ヒールのつま先がなにかに引っかかって身体が大きくふらついた。あわてて体勢を立てなおそうとしたが、時すでに遅し。次の瞬間、千春は野球選手が見せるヘッドスライディングのように、歩道の上に倒れこんでいた。

真っ先に感じたのは痛みよりも恥ずかしさだった。

急いで起き上がり、手のひらについた砂を払う。ズキズキと痛む膝を見ると、ストッキングは破れかすかに血がにじんでいた。

(今日はどこまでツイてないんだろ……)

心の中でボヤく千春の背中でふいに人の声がした。

「あの、大丈夫ですか……」

振り向くと、さっきショーウインドウの向こうで花を活けていた男が心配そうな顔で立っていた。モスグリーンのエプロンのポケットに切花用のハサミが差してある。年は自分と同じか少し下くらい。かなりのイケメン。

「あ、大丈夫、大丈夫！」

千春はあわてて顔の前で手を振ると、無意味にパタパタとスカートの裾を払った。

「ほんとに大丈夫？　すごい転び方だったけど」

「私、よく転んじゃうんですよ。歩き方がヘタって言うか、ぼんやりしてるんですかね。なんでもない段差につまずいたり、逆に溝にヒールがはまってつっかかったり……」

あはは、と照れ隠しに笑う千春に、男が微笑んだ。決してバカにして笑っている感じではなかった。むしろ、まるでおとぎ話に出てくる神様みたいな、慈悲に溢れた優しい微笑みだった。

それに比べていまの自分ときたら……。

「みんな、上手に歩いてますよね」

ふと口をついて出た千春の言葉に、男が「えっ」と聞き返した。

「って、当たり前か。ただ歩くだけなんだから……。普通歩けますよね、誰だって」

「いや、そんなふうに感じるとき、僕もあります。自分は当たり前のことができないみたいだなって……みんなが普通にできてることが、どうして自分にはできないんだろうって、よく思います」

その寂しげな口調と眼差しから、男が単に話を合わせているのではないことが千春にも伝わってきた。

「ありがとうございました」

丁寧にお辞儀をして、「じゃあ」と行きかけた千春を、「ちょっと待って」呼び止めると、男は足早に店の中に入っていって、一輪の赤い花を手に戻ってきた。

「よかったら、どうぞ」

男が千春の前にその花を差し出して言った。

「『一歩』っていうんです、ガーベラの花言葉」

「一歩……?」

「はい」

千春は男の手からそのガーベラを受け取ると、もう一度「一歩」とつぶやいてみた。

「じゃ」

男はさわやかな笑みと「じゃあ」という言葉を残して、再び宝石店に入っていくと何事もなかったように、飾り付けの作業を再開した。

世の中まんざら悪いことばかりじゃない。

手にしたガーベラの赤に見とれながら、千春はあの公園のことを思い出していた。

その日は、春子にとってもいろいろあった一日だった。

「お父さん、ただいま」

父の遺影に向かって手を合わせていた春子は、背中に視線を感じていた。

祈り終え、振り返るとやはりそこに母の陽子がいた。手にスーパーのビニール袋を提げている。いま買い物から帰ってきたところらしい。

「もう……。帰ってくるなら連絡くらい入れなさいよ」

「たまたまちょっと思い立って寄っただけだから」

春子の実家は鎌倉だが、バイクを飛ばせば三、四十分で来られるので、ちょっと寄るという表現はあながち間違いではない。

「お祖母ちゃんは？」

「今日はだいぶいいわね。さっきお昼寝から起きたとこ」

「そっか、よかった」

春子は、東南の角にある祖母の部屋へ向かった。

古い日本家屋だからあちこちに段差がある。そろそろ母もいい年だし、バリアフリーの工事を勧めたほうがいいかもしれない。

「お祖母ちゃん、元気？」

ほとんど寝たきりで、耳が遠い祖母のために、春子は声を張り上げた。

「はいはい、おかげさまで」

認知症が進んでいるため、九十に近い祖母は春子を誰だか判っていない。

しばらく一方的に話をしているうちに、陽子がお茶を載せたお盆をもって部屋に入ってきた。

「春子が来ると機嫌がいいのよね、お祖母ちゃん」

母の言葉に春子は首をすくめた。

「なかなか来られなくてごめん」

「私たちのことはいいのよ」

春子に湯のみを渡しながら陽子がしんみりとした口調で聞いた。

「あなたが結婚しなかったのは私達のせい？」

早くに父を亡くした春子は、同年代の子どもたちよりも、母を、家族を支えなければという思いが強かった。だからこそ、学生時代は勉強に、そして就職してからは仕事に、いつも全力で取り組んできた。だから恋や結婚が二の次になるのも必然といえば必然だったのだ。

「そんなことないよ」と首を横に振った春子だったが、実は母親にそんなふうに思われるのが一番つらいことだった。母や祖母のことをうとましく思っているわけでは決してない。

「私は結婚しない人生を選んだけど、その選択に後悔なんかしてない。だから、そんな風に考えないで」

「春子……」

まだなにか言いたげな母を制して、春子は「そろそろ行くね」と腰を上げた。

「これから会社に顔出さなくちゃいけないんだ」

「あら、今日は土曜日よ。お休みじゃないの？　ご飯、食べていきなさいよ」

「うん、ちょっと上司が、話があるって言うから」

そう言うと、春子はベッドの上の祖母に「また来るね」と声をかけて、まるで出航していく船にするように、ゆっくりと大きく手を振った。

部長の樋口が姿を現したのは、約束の六時より十分ほど過ぎてからだった。

人気のないオフィスの床に、革靴の音が静かに響きわたる。

「お疲れさまです」と会釈した春子に「よう」というように手を挙げると、樋口が単刀直入に聞いた。

「例の店、見てきてくれたか?」

「はい、先日」

「そうか……。どうだった?」

「いいお店でしたが、あいにく店長がご不在で」

「そうだろう」

樋口はそう言って、一度、視線を宙に泳がせるとあらためて春子の顔を見た。

「店長は、君だからな」

「え?」

「君に、あの店の店長になってもらうことになった」

「どういうことですか?」

「人事異動だ。あの店へ出向だ」

「なぜですか!」

予想もしなかった樋口の言葉に、春子の声が上ずる。

「会社の方針が変わったんだ」

そこでいったん言葉を区切ると、小さく咳払いをして、樋口が続けた。

「これから、我が社は『家族』を主なターゲットに絞っていくことになった。君には申し訳ないが、グランドヒルズのプロジェクトは他のデザイナーに入ってもらうことになる」

感情を抑えた樋口の事務的な口調が、かえって春子には残酷に感じられた。

会社の方針が変わったと言われてしまったら、一介の社員でしかない春子にはもう反論の余地はない。

「私が結婚していないから、ですか」

「…………」

樋口は、押し黙ったままそれを否定も肯定もしなかった。

「結婚していないから、不適格なんですか」

重ねて聞いた春子に、樋口がさとすような口調で言った。

「理不尽だとは思うが、こらえてくれ……。いずれ必ず本社に戻れるよう、俺もできる限りの力を尽くす」

その言葉に誠意が感じられたのが、この場にあっての唯一の救いだったかもしれない。

春子は自分自身に決意をうながすように、大きく息を吸い込むと静かに言った。

「わかりました。会社の方針でしたら、従います」

「春子……」

名前を呼ばれ、ハッとしたように樋口を見た春子に向かって、樋口が深々と頭を下げた。

「仕事にすべてをかけてきたお前には本当にすまないと思っている。俺とのことも……そのために、お前は……」

樋口の言葉をさえぎるように、春子がきっぱりと言った。

「結婚しない人生を選んだのは、私です」

「すまない……」

「謝らないで下さい。私は後悔していません」

春子は樋口に一礼すると、その場できびすを返し、オフィスを出ていった。

結婚しない人生を選んだのは私、後悔はしていない――。

春子は自分に言い聞かせるように、何度も何度もその言葉を頭の中で繰り返した。

長年会社勤めをしていると、頭では理解できても感情が収まらないときというのが、しばしばある。春子にとってはまさに今日がその日だった。

家に帰ってもなかなか気持ちの整理がつかず、春子はいつもの公園に行った。

近くのコンビニで買い込んだビールとつまみをぶら下げて、自分の指定席に行くと、すでに先客があった。

ベンチの上に大量のつまみを広げ、まるで腹を空かせたゾウみたいに、次から次へと野菜チップスを口に運びながら缶ビールをあおっていたのは、千春だった。

「ツマミ買うのもいいけどさ、もうちょっと選ぶとか絞るとかしたら」

いきなり背後から声をかけられ、一瞬ビクッと首をすくめた千春だったが、すぐにそれが春子であることに気づき、「春子さーん」とすっとんきょうな声を上げた。

ツマミを片側に寄せて春子のためにスペースを作りながら、千春が言った。

「ぜーんぶ欲しくなっちゃうんれすよ、野菜チップスもー、柿ピーもー、チーズもスルメもみーんな美味しいから」

すでにロレツがかなり怪しい。

千春の横に腰を下ろし、ビール缶のプルタブを引いて飲み始める春子に、千春が問わず語りに話し始めた。

「春子さんの言った通りでした。昔の約束は、やっぱり昔の約束でした……。彼のほうは、一歩も二歩も先に進んでたんですよ。結局、私だけが同じところで足踏みしてたみたいです」

そう言うと、千春は野菜チップスの特大袋に手を突っ込むなり、中身をわしづかみにして一気にそれを口の中に放り込んだ。

バリバリと音を立てて乾燥野菜を嚙み砕く千春に春子が言った。

「そんなふうにヤケになって食べてたら、身体壊すよ」

「それ、いいかも」千春がケラケラと笑った。「おつまみの食べ過ぎで早死に、とか」

「愛する野菜チップスに囲まれて天に召され、とか？」

「そうそう！　お葬式に来た人もちょっと笑ってくれるかも……。そうやって、いつかひとりで死ぬんですかね、私」

「なにバカなこと言ってんの」

たしなめるように言った春子を、すねたような目で千春が見た。

「でも……結婚できないってことは、ずっとひとりってことでしょう？　三十五でダメなら、この先もっとダメってことですよね？　私もう、家族を作るのには、ふさわしくないってことですよね……。春子さんみたいに、仕事を生きがいにしてきたわけでもないし、誇れるものなんて何にもなくて……ただこのまま歳をとって、おばあさんになって、最後まで、ひとり。それって、なんだか、すごく……寂しい」

いま笑っていたと思ったら、もう泣きそうになっている。

春子は、十年前の自分を見ているようで、なんだか急に千春のことが愛おしくなった。

「私も同じ……」

いつになく素直になっている自分に驚きながら、春子が言った。

「仕事だけは私を裏切らないと思って今までやってきたんだけどね……今日、店舗に出向だって言われた」

言葉にしたとたん、春子の中でなにかが吹っ切れた。

千春の手から野菜チップスの袋を奪い取り、千春がやったように一気に中身を口に押しこむとムシャムシャと噛み砕く。

「あの……春子さん？」

「確かに美味しい……。でも、野菜チップスと一緒に飲み込んじゃダメだよ」

「え……？　なにを？」

春子は、返事をしないままその場で靴を脱ぎ捨てると、ザブザブと噴水の池の中に入って行った。この間より、また少し水は冷たくなっていたが、それがかえって心地いい。

「は、春子さんっ⁉」

春子は、頭上に広がる夜空に向かって、肺の中の空気を一気に吐き出すようにして声を限りに叫んだ。

「結婚してなくて、何が悪い！」

ふいに胸の奥でわだかまっていたものが、すうっと溶けて消えていくような気がした。

「ちょ、ちょっと、春子さん！　何やってんですか！」

人工池の縁であわてふためく千春に、春子が言った。

「千春もおいでよ」

「あ、いま私の名前……」

「やってごらん、すっきりするから」

「でも……」

「デモもストもない！　のどの奥に引っ掛かってる言葉、あるんでしょ。飲み込んだままじゃつらすぎるよ」

それでもしばらくためらっていた千春が、決心がついたようにウンとうなずいた。

春子にならって、池に入ってきた千春が言った。

「道具じゃ、ない……」

「声が小さいっ！」

それで奮起したのか、次に千春は両手を口の横に当てて吠えるように叫んだ。

「女は、子供を産む道具じゃなーいっ！」

「その調子！」

「結婚してるのが普通とか言うな！」

「そうだ！　結婚してなくたって、ダメじゃない！」

「結婚してなくて、何が悪いっ！」

そう怒鳴って千春が水面を蹴ったと同時に、周囲から水が高々と噴き上がる。

噴水を照らし出すライトが、二人の頭の上に虹を作ったが、それを見ていたのは、千春のバッグから顔をのぞかせていたガーベラの花だけだった。

第三章

朝の光が降り注ぐベランダで濡れたシャツを干しながら、千春が苦笑して言った。

「それにしてもあそこで二回も水かぶるとは思わなかったなあ……」

部屋でコーヒーを淹れていた春子が、ふと手を止めて、開け放ったベランダの窓の向こうにいる千春を見た。

「ありがと」

「えっ、なにが？」

「あの公園ね、私が最初にデザインしたんだ」

「へえ……そうだったんだ」

千春が視線を移した写真立ての横で、花瓶に差した赤いガーベラが風でかすかに揺れている。

「好きだって言ってくれたのに、お礼言ってなかったから」

「あのね……そういうのは最初に言って下さいよ」

「言う暇なかったでしょ。あのときは遅刻しそうになってたんだから……。出かけるまでに乾くかな」

「大丈夫でしょ」千春がのんびりした口調で答えた。「夜帰って来てから取り込んでも」

「……帰ってきてからって、誰が？」

「私たちが」

「私たち……？　私の家に帰るのは、私だけだよね？」

「そんなこと言わないでお願いしますよ！」千春は残りの洗濯物をそそくさと干し終えると部屋に駆け込み春子に訴えた。

「言ったでしょ、私、妹が結婚して実家に戻ってくるから居場所ないんです！」

「だからって、なんでここに……」

「お願い。ほとぼりが冷めるまで……一週間、一週間だけでいいですから」

「いやちょっと待って……」

「あ、そろそろ用意しないと！　また遅刻ですよ！」

そう言うと千春が部屋の中をキョロキョロと見回し始めた。

「ええと、私のヘルメットは……」

「あんた私に送ってもらう気になってるでしょ。あれ、別にあんたんじゃないから」

春子は腕組みして千春を睨みつけたが、その目は少し笑っていた。

ヘルメットで乱れた髪を直しながらオフィスに入ってきた千春に、プッと頬をふくらませた真里子が駆け寄ってきた。

「千春さん、聞いてくださいよ。森田ってば、私に無職の男を紹介するって言うんですよ」

「無職じゃなくて就職浪人中」森田が言い訳がましく言うと、千春に聞いた。

「そういうのってダメですかね?」

「ダメですよね? いくらいい大学出てて、背が高くてイケメンで性格がよくたって無職じゃゴハン食べていけないでしょ。経済力ってやっぱ結婚の第一条件じゃないですか」

真里子の勢いに押されて「そ、そうなのかなあ……」としか返せない千春に、真里子がたたみかけるように言った。

「私だってもう、二十四ですからね。一つだってムダな出会いしてるわけにはいかないんですから」

二十四でそれなら、三十五のあたしゃどうすればいいってんだよ、とも言えず「まあねえ」などと曖昧にうなずくしかない。

「私、お見合いしようかな。世の中にはこんなに大勢の人がいるのに、いい出会いがないんですもん。お見合いなら条件をクリアしてから会うでしょ？　効率よくないですか？」

「なるほどね、条件をクリアして……か」

「それに、女は三十過ぎたら、お見合い市場で価格が暴落するらしいし。するなら二十代のうちかなって……」

横で聞いていた森田が「まずい」という顔で、真里子の顔の前に人差し指を突き出した。

「真里子さんっ！　レッドカード」

真里子の顔がみるみる赤くなった。

「あ、千春さん、違いますよ！」

「価格暴落、か……」

「いや、そうじゃなくて……ほら、千春さん、あれですよ、ほら、千春さんって若く見えるから、つい私と同じ世代のような気がして……だから千春さんも、ぜんぜんまだ」

しどろもどろで言い訳する真里子を助けるかのように、ふいに千春の携帯が鳴り出した。

電話は母の紀子からだった。

勤務時間中にかけてくることなどめったにないので、一瞬ドキリとしたが、話したいことがあるので、昼食でも一緒にどうかという誘いの電話だった。

母とは会社の近くのカフェで会った。

店員に二人分のランチを注文したあと、しばらくよもやま話をして紀子が要件を切り出した。

「あのね、もし千春に興味があればなんだけど……」

そう言って紀子がトートバッグから取り出して見せたのは、一冊のアルバムだった。

「え……？　やだ、お見合い？」

「お写真」と書かれた白い布張りの表紙を開くと、おちょぼ口の中年男がすまし顔でこっちを見ている写真が目に飛び込んできた。その、いかにも写真館で撮りましたという感じがおかしくて、思わず笑いだした千春に、母がとりなすように言った。

「そんな堅苦しい話じゃないの……。もういい大人だから、付き添いなんて必要ないでしょ。本人同士で連絡取り合って、ちょっと会ってくれればいいだけなのよ」

「ちょっと会うって言ったって……」

「妙子おばさんの知り合いの息子さんでね、浅井さんっていうの。とっても気さくでいい方なんですって」

確かに悪い人ではなさそうだが、大人しそうというか、地味というか、正直、あまりそそられるタイプではなかった。

「いくつなの、この人」

「四十歳、アケボノ薬品の研究職だって。初婚で、年収七百万。三十五歳の女性でもいいって人、珍しいのよ」

「どうしてこの人は、三十五歳でもいいんだろう」

「若い人にも会ってみたけど、まとまらなかったらしいの。自分の年齢のことも考えて、条件を緩めたんですって」

「『ゆるめた』って……」

ちょっと上から目線な感じもするが、ハードルを下げたとか甘くしたというのもなんだし、まあ、緩めたといえば緩めたのだろう。

「仕事熱心だし、人柄もいいらしいし。三十五歳でもいいっていう男性は、本当に少ないのよ。妙子おばさんの顔を立てると思って。ね、お願い」

「でも、お見合いなんて、私……」

煮え切らない千春に、母はペロッと舌を見せて言った。

「実はもう今週末に、って決めちゃったの」

「週末……？　週末は、由香里んちに行く予定があるんだけど」

口を尖らせる千春を紀子がさとす。

「お茶する時間くらい、なんとでも調整できるでしょ。ベテランになると、一日に三人とか四人とお見合いする人もいるらしいわよ」

そんなベテランになんかなりたくない……。

「ねえ、千春……」

紀子がふいに声を落として千春の顔を見た。

「なに？」

「お母さんだって、いつまでも元気でいられるとは限らないんだから」

「やだ、そういうこと言わないでよ」

「前向きに、考えてみて」

母の言葉で千春は、もう一度手元の写真に目を落とした。

人のことを言えた義理ではないが、「四十歳、初婚」と言われても、やっぱりな、と納得させられてしまう、そういう雰囲気がある男だった。

——三十五歳の女性でもいいって言う人は、本当に少ないのよ。

母と別れた後もその言葉が、ずっと千春の耳に残った。

●

〈メゾン・フローラル〉の看板を前にして、知らず知らずのうちに深呼吸している自分に気づいて、春子は思わず苦笑いした。

就職の面接じゃないんだから……。

「おはようございます」と店の入り口をくぐったとたん、先日のバイト二人組が「いらっしゃいませ」と声をそろえた。

入ってきたのが春子であることに気づくと「あ、この間はどうも……」と例の青年が仕事の手を止め、申し訳なさそうに頭を下げた。

「すみません、今日から新しい店長が来る予定なんですけど……」

「あ、その件は大丈夫です」

春子の言葉に、工藤と麻衣がけげんそうに春子を見た。

「新しい店長は、私でした」

「ええっ？」

ぽかんと口を開けるふたりに、春子は折り目正しく一礼して言った。

「今日からこちらに配属になりました、桐島春子です。よろしくお願いします」

純平に付いて、店の備品や作業の手順などの説明をひと通り受けたあとで、春子は純平にどれくらいこの仕事をしているのかと聞いた。ただのバイトにしては、ずいぶん草花のことに精通していると感じたからだ。

「二年になりますね」

「色に囲まれてるから？」

「え？」と聞き返した純平に、春子が笑みを浮かべて言った。

「花屋でバイトしようと思った理由よ。ほら、このあいだ来たとき、ずいぶん絵の具の名前に詳しいなと思ったから……。油絵、描いてるんだ？」

「いえ」純平は否定してから「いまは」とつけ加えた。

「…………？」

「好きなだけで、続けられるわけじゃないので」

作業を続けながら、おずおずとした口調でそう答えた純平に、春子は同じアートを志す人間としての誠実さのようなものを感じていた。

そう。好きなだけでは続けられない。でも、好きじゃないと続けられない……。

●

春子がリビングのドアを開けると、先に帰っていた千春が、床に敷いたマットの上で妙なポーズをとっていた。

「ヨガって、そんな難しい顔しながらするものなの?」

声をかけた春子に、千春が「条件を考えてたので」と言って、アゴの先でそばにあった紙切れを示した。

「条件?」と聞き返しながら、春子はそのメモをのぞきこんだ。

「優しい、誠実、ご飯を美味しく食べてくれる、ギャンブルをしない、女癖が悪くない、お酒はほどほど……なにこれ?」

「結婚の条件です。テーブルの上、見てください」

千春にうながされて春子は、テーブルの上に置いてあった白いアルバムのようなものを開いてみる。

中には四十歳くらいの大人しそうな男の写真と一緒に、身上書、いわゆる釣書がはさんであった。

「あ、お見合いね……へえ、浅井さんっていうんだ」

「まだ、するかどうかは決めてないんですけど。その人が条件に合ってたら、結婚すればいいんですかねぇ……」

その歯切れの悪い千春の口調と表情からすると、気乗りしていないのは明らかだ。

「春子さんは、結婚しようと思ったことないんですか」

話題を変えようとしたのか、千春が、春子に水を向けてきた。

春子の脳裏に最初に浮かんだのは樋口のことだった。

春子は、自分の気持ちを確かめるように、しばらく間を置いて答えた。

「……ない」

「結婚したいって思う人、いなかったんですか？」

「いたとしても……結婚っていう選択肢はなかった」

その言い方になにか引っかかりを感じたのか、首をかしげる千春に、春子は言葉を足した。

「あ、いや、ほら、生活変えたくないから……。仕事も充実してたし、生活にも不満はなかったから」

「へぇ……。てことは、春子さんの場合は『変わらないでいられる』っていうのが結婚の条件か」

ひとりでウンウンとうなずく千春に、春子がひとり言のように口の中で「誰も傷つけないこと……っていうのも、条件かも」とつぶやいた。

「え？　いま、何て？」

聞き返す千春に、答える代わりに春子はショップカードを差し出して言った。

「ここ、今日からの勤務先。時間あるときにでも遊びに来て」

●

「あの、こちらに店長の……」

千春の声で、「いらっしゃいませ」と振り返った店員を見て、千春は思わず「えっ」と声を上げた。つい先日、元町で転んだときに花をくれたその人だったからだ。

「あ、どうも」

「なんでここに？」

「いや、ここでバイトしてて。こないだは花の飾り付けで出張していたというか……」

もっと若い頃だったら、この再会を「運命」などと思って舞い上がっていたかもしれないが、自分はもうそういう年でもない……と、千春は自分を戒めた。

千春はあらためて「この間は、ありがとうございました。おかげで、元気出ました」と礼を言った。

「それは、よかったです」

さわやかな笑みだった。千春は、彼が手にしている花に値段のプレートが付いていることに気がついた。それとエプロンについている「工藤」というネームプレートにも。

「あ、この間のお花、商品だったんじゃないですか？　お代、払います」

その工藤という青年は花の入ったブリキのバケツを床に置くと、財布を取り出した千春を両手で押しとどめるような格好をした。

「いえ。そんな、いいです」

「いえ、悪いです。払います」

「いいです、本当に。あの、僕も元気出たので」

「え？」と千春が聞き返すと、青年は照れたように言った。

「花を渡せて、元気出たから。本当にいいんです」

その柔らかな笑みと穏やかな物言いに、どこか芸術家のような繊細さを感じる。あの日に受けた印象とまったく同じだ。

「じゃあ、何か今日は買います」

千春はぐるりと店内を見渡し、そばにあったピンクの花に目をとめて言った。

「これ、ください」

にっこりと微笑む千春に工藤もこくりとうなずいて笑った。

「じゃあ、ありがとうございます」

包んできます、と言う工藤に向かって、千春は聞いた。

「あの、この花なんていう……」

「ああ、アスターです」

「アスター……アスターの、花言葉って」

言いかけたとき、店舗の二階から、両手に鉢植えを抱えて誰か下りてくるのが見えた。

「あれ、千春?」

その声に、さっと視線を上げると春子だった。

「店先で騒いでるから、誰かと思った」

「春子さん!」

千春は歓声を上げると、嬉しそうに工藤のほうを見た。

「騒いでるっていうか……だって、まさかここで会うなんて。ねぇ？」

「はい」と工藤が千春にうなずき返す。

「え？　二人、知り合いなの？」

千春は嬉々として春子にそのときのいきさつを説明して、言った。

「あのガーベラ、彼がくれたんです」

「ガーベラ……」一瞬、首をかしげた春子が大げさに「ああ」とうなずいてニヤリと笑った。

「あの、千春が毎日大事そうに眺めてる？」

「そこまで言わなくていいですから！」千春は、照れたようにちらりと工藤のほうを見たが、彼はそのまま額面どおりに受け取ったのか、「ありがとうございます」と律儀にお辞儀をした。

「あの」工藤が千春と春子を交互に見て聞いた。「お二人は、どういう？」

「居候」と言って春子が千春を指さした。

「じゃなくて、同居人です」と千春。

「一緒に住んでるんですか？」

「ま、不本意ながら」

そう言って胸の前で腕組みする春子の腕に、「いえいえ」と千春が手をからめて「意気投合して」と言いなおした。

「なんでそう、いいふうに取り繕って話すかな……事実じゃないよね」

「事実でしょ。べつに取り繕ってないですよ」

押し問答を始める二人をとりなすように、工藤が「なんとなくわかりましたから」と言うと、さっき千春が注文したアスターを手にバックヤードへ入っていった。

「ガーベラの人と、まさかここで会えるとはなぁ」と感慨深そうに言う千春に、春子も素直にうなずいた。

「世間は狭いね。でも、工藤君ならそういうこと、しそうな気もする」

そうだ、彼がくれたガーベラのおかげで自分も、一歩、踏み出すことにしたのだ。千春は、このタイミングで工藤に会ったことが自分の背中を押してくれているような気がした。

お見合いだって、別に難しく考えることはないのかもしれない。怖がらずに一歩、踏み出してみよう。

工藤からセロファンで包んだアスターの花を受け取りながら、千春は心の中で決めていた。

その週の土曜日、千春は浅井というお見合い相手と、横浜駅前のとあるホテルのラウンジで向かい合っていた。

やはり、それまでなんの接点もなかった初対面の男女がいきなり会って……というのは無理がある。それが千春のお見合いに対する最初の感想だった。

天気の話で一分、ここまでどうやって来たかという話で一分、ホテルが意外と混んでいるという話で一分、そして沈黙がそろそろ一分に達しようというとき、ようやく浅井が切り出した。

「田中さんは旅行会社で働いていらっしゃるとか」

「はい、契約社員ですけど」

「でも、観光地にはお詳しいんじゃないですか？」

ようやく話題らしい話題を振られたので、千春はホッとしながら「パンフレットの上でなら、世界各国に旅してます」とわざと気取って答えた。

「いいですね」浅井は朗らかに笑ってから、ふと真面目な顔に戻って「ドイツは、お好きですか？」

「ドイツ？」

突然出てきた具体名に千春は少し面食らった。普通に料理の話をしていたら、いきなり杏仁豆腐は好きですかと聞かれたような気分だ。

「お好きなんですか？　ドイツ……」

「あっ、いえ、まぁ」なぜか浅井は、ハッとしたような表情を浮かべると話題を変えた。

「あ、ご趣味は？」

「え、あ、趣味……えーと、何だろう？　ヨガとか？」

「ヨガというと、あの難しいポーズの？」

「まぁ……実際はポーズより呼吸が大切なんですけども」

「たとえばどういう？」

「たとえば……そうですね、こういう」

そう言って千春は、背中に回した両手をつないでみせた。

「あ、こんな？」

浅井が真似をしようとするが、背中に回した手はぜんぜん届いていない。

それでも「ウンウン」うなりながら、なんとか手と手を合わせようと必死になる浅井が、気の毒であると同時に滑稽だった。

「もう、そのくらいで」と止めた千春に「あ、そうですね、つい」と謝る浅井。

きっと真面目な人なんだろうなと千春は思った。仕事も研究職だというし……。

ここに来る途中寄った本屋で立ち読みしたハウツー本に、「お見合いは、相手にもう一度、会いたいと思わせるよう努力すること」と書いてあった。その点については、この浅井という男は、まあ、ギリギリ合格点なのかなと千春は思った。自分のことは差し置いて。

一時間ほどで浅井と別れ、千春は横浜駅から電車で十分ほど行った根岸の高級住宅街にある由香里の家に向かった。

この大学時代のサークル仲間の家に来るのは二回目だが、相変わらず「幸せな家庭」を絵に描いたような光景が目の前で展開していた。

「公園、公園」とはしゃぐ息子に手を引かれながら、「どうぞごゆっくり」などとさわやかな笑顔を振りまいて家を出ていく、実業家の夫……。

比べちゃいけないと思いながらも、つい、浅井の顔を思い浮かべてしまう千春に、由香里が聞いた。

「ねえ、お見合い、どうだったの？」

「悪い人じゃなさそうなんだけど、なんかときめいたりもしなくてさ」

「まあねぇ……」由香里の夫がいなくなったからか、美加子が大きく伸びをしながらソファにもたれて言った。

「結婚って、ときめきとかより生活よ。どういうことにお金使うタイプか、とかさ……奥さんが洋服一枚買うのもガミガミ言うくせに、自分の趣味には平気でお金つぎ込むダンナの話とかけっこう聞くし」

「そうなんだ？」と怯える千春に、美加子がグイッと顔を近づけた。

「そうだよ。だから、結婚前にちゃんとチェックしとかなきゃダメなんだってば。ね、由香里？」

「えっ、まあ……うん」と由香里は曖昧に言葉を濁した。

「ねぇ、由香里は何かないの？　千春にアドバイス」

しばらくなにか考えこんでいた由香里が、やけに真剣な口調で答えた。

「まぁ、結婚って、してみないとわからないかも。条件だけで結婚しても仕方ないっていうか……」

「なに言ってんの」美加子があきれ顔で言った。「自分は一番条件のいい結婚しといてさ。ダンナはいくつもレストランやってる実業家、女遊びはしない、子煩悩……言うことなしじゃない。ああ、由香里はいいなあ」

心底羨ましそうに言う美加子に、「ありがと」と返すと、由香里がふと思い出したように「そうだ」と言ってカップボードの引き出しからチケットのようなものを取り出してきた。

「これ、千春にあげるよ」

「何?」千春が受け取ったのは、横浜で開催中の美術展の入場チケットだった。

「子どもがいると、絵画鑑賞なんてできないから。ちょうど二枚あるし、その彼誘ってみたら?」

「そうだよ、そんないい条件の人、一回会っただけで決めたらもったいない。もう一回会って考えなよ。千春も自分で『悪い人じゃない』って言ってたじゃない」と美加子もグイグイ押した。

確かに、一度会っただけで結論を出すのは早すぎるし、もったいないのかもしれない。あの人は悪い人じゃない。いや、むしろいい人なんだ。そう考えると、千春の中の浅井のイメージがさっきよりちょっとアップしたような気がした。

それから数日後、千春は浅井と連れ立って美術館へ行った。

「またお会いできたらうれしいです」という浅井のメールに返信する際、チケットがあるのでいかがですかと、誘ってみたのだ。

美術展には、「十九世紀フランス印象派展」という名前がついていたが、千春がそこでいちばん印象に残ったのは、絵画でも浅井との会話でもなく、その会場で偶然、工藤純平と会った――というより、見かけたことだった。

思わず声をかけようとしたが、自分には浅井という連れがいたし、純平にも連れがいた。しかも若い女。女がずいぶん親しげに話しかけていたところを見ると、単なる知り合いには見えなかった。なぜだかガッカリしている自分に気づき、千春は少し動揺した。

「どうかしましたか?」

千春は浅井の声で我に返った。

「あ、いえ……何でもないです」

数メートルほど先を歩いていた浅井に追いついた千春に、浅井が申し訳なさそうに、これからまだ仕事があるので、ここで別れなければならないと言って頭をかいた。

「そうだったんですか……お忙しい日にすみません」

謝る千春を浅井が「いやいや」と手で制した。

「メールで別の日にとも思ったんですけど、そうするともう、会っていただけない気がして……ばたばたして、かえって申し訳ない」

「いえ、こちらこそ気を遣わせてしまってすみません。今日はありがとうございました」

浅井を乗せたタクシーを見送ると、千春は「やれやれ」と大きなため息をついた。

●

リビングのソファで膝に乗せたパソコンのモニターをにらんだまま、春子は途方に暮れていた。悩みのタネはあるブログである。

その日の昼下がりのこと。

鉛筆を片手に、スマートフォンの画面を食い入るように見入っているアルバイトの麻衣に、春子が、なにを見ているのかと聞いたことが始まりだった。

「婚活のブログ?」

聞き返した春子に、麻衣がうなずいた。

「はい。結婚は、現代社会学には欠かせないテーマなんですよ。そのフィールドワークで、チェックしてるんです」

「いまどきの大学は、そんな宿題出すんだ」

「たとえばこの人とか、興味深いんですよ。食品会社の研究職。四十歳。最初は二十代の若い女性との結婚を望んでたんですけど、何回お見合いしてもまとまらなくて、三十代前半まで条件を緩め、ついに最近三十五歳の旅行代理店の契約社員と会ったんです」

どこかで聞いたようなプロフィールだ。春子は思わず聞き返した。

「三十五歳、旅行代理店の契約……？」

「はい。でもこの男の人、本当は一回目のお見合いで会った二十七歳のY子さんって人を忘れられないんですよ」

「ちょっと見せて」

春子は麻衣の手からスマートフォンを受け取ると、そこに表示されているブログに目を通した。

ブログのタイトルは〈アサイの徒然日記〉

問題の箇所は、こんな書き出しで始まっていた。

十月某日。今日、三十五歳のCさんに会ってきました。華やかさや色っぽさにも欠けたかな。でも、性格も身なりも堅実そう。

結婚相手としては有り得なくはないかも？

Y子さんには断られたのだから、いつまで引きずっていても仕方ない。

僕の結婚の条件「ドイツ転勤についてきてくれる、初婚、四十歳の僕を受け入れてくれる人」を満たす人なら、妥協すべきなんだろう

はたしてこのブログのことを千春に教えるべきか、黙っているべきか……。

春子はさっきからそのことで頭を痛めていたのである。

「どうしよう……」

五回目にそうつぶやいたとき、インターフォンのチャイムの音が部屋に鳴り響いた。

帰ってきた千春は、元気そうだった。

駅ビルで買ってきたという惣菜をテーブルの上に並べていく千春に、春子が恐る恐る聞いた。

「浅井さん……とは、その後どうなってるの？」

千春が、惣菜を並べる手を止めて春子を見た。

「今日も会ってきましたよ」

「……そうなんだ」

「いい人ですよ。三十代の結婚って、情熱とかじゃなくて、冷静に進めていくものなのかもって思いました」

思っているより、話は進んでいるらしい。春子は焦った。

「結婚、するの？」

「まだ決めたわけじゃないですけど……何ですか？」

「いや……」一瞬、言葉が詰まり、春子は椅子の位置など直すふりなどしてから言った。

「べつに、焦って決めなくてもいいんじゃない？」

「でも、条件もいいし、断る理由も見当たらないし……。なんか変ですよ、春子さん。どうしたんですか？」

「いや……別に」などと言いつつ、自分でも挙動不審なのはわかっていた。

「なんか含んだ言い方して。何かあったんですか」

詰め寄る千春から目をそらすと、その視線をそらさせまいとするように千春が回りこんで春子の目をのぞきこんだ。

「まさか、嫉妬してるとか？」

「そんなわけないでしょ」

「そうですよね」千春はアハハと笑ってから、ふいにまた険しい目付きに戻って言った。「じゃあ、何なんですか？　気になるじゃないですか。何かあるなら言ってください！」

春子は再び迷った。言うべきか、言わざるべきか……。

と、そのとき春子はふと、自分だったらどうだろう……と思った。

私だったら絶対聞きたい。だから、春子は言うことにした。

「ひどい、なんて言えないですね」

浅井のブログを読み終えた千春が、ぽつりと言った。

「お互いさまですよね。私も、紙に書き出した条件と照らし合わせて、○とか×とかつけてたんだから」

確かにお互いさまかもしれない。女がするように、男が女のことをスペックで語ったり、ランクづけをしたりするのも、ある意味当たり前のことだ。でも、それは内輪だから許される話で、浅井という男は、それをインターネットという公の場でやった。そういう思慮の足りなさがこの男のダメなところだと春子は思ったのだ。

「まぁ、男はこの人だけじゃないから」

意気消沈している千春を励ますように声をかけ、コーヒーでも淹れようかとキッチンに向かう春子に、千春が悲痛な声で言った。

「じゃあ、この人の他に誰がいるんですか……」

背中に聞こえた千春の声が、震えていた。振り返った春子に千春が言った。

「春子さんはそんな簡単に言うけど、お見合いだってもう次はないって、母にも同僚にも言われました」

「そういう意味で言ったわけじゃ……」

「別の人とお見合いしたって同じです。私のこと好きになってくれる人なんて、いませんから」

「そんなこと……」

「ひとりでも平気で、生活を変えなくていいことが結婚の条件なんて言ってる春子さんには、こんな切羽詰まった気持ち、わからないですよね」

春子だってこういうふうになった経験がある。こんなときは他人がなにを言っても耳に入らないものだ。

「わからないくせに、同情したりしないで下さい！」

静かにそう言い捨てると千春はリビングから出ていった。

●

前日、夕飯も食べずに寝たのに、千春は翌日の昼になってもまだ食欲がなく、真里子たちからの新しくできたピザ屋に行かないかという誘いも断った。が、さすがになにもお腹に入れないままでは身体がもたないので、気分転換も兼ねて会社から少し離れた場所まで弁当を買いに行くことにした。

幸い、歩いているうちに少しお腹も減ってきた。

看板に出ていた「本日のオススメ」の秋鮭弁当に決め、注文しようとカウンターの前に立った千春は、対応に出てきた店員の顔を見て思わず息を吞んだ。

なんとそこに由香里が立っていたのだ。

近くの公園のベンチで、買った弁当を食べはじめてしばらくして由香里がやってきた。

千春の隣に腰を下ろしながら由香里が言った。

「驚いたでしょ。この間のとき言いそびれちゃったんだけど、うちの夫の事業、ちょっとまずいことになってて……。倒産するかもしれないんだ。笑っちゃうでしょ。完璧な条件の人と結婚をしたのにって」

どう答えていいのかわからず、「そんな」と語尾を濁す千春に、由香里が寂しげに微笑んで言った。

「条件なんて、変わっちゃうものなんだよ。うちみたいに倒産じゃなくても、病気になったり、いろいろあるでしょ？」

「それで、パートを……？」

「うん、少しでも稼がないと」由香里はしっかりとした口調でそう言うと、千春の目を真っ直ぐに見た。「でも、これもアリだと思ってる」

「えっ？」千春は思わず聞き返した。

「こうなってみて改めて、私が好きになったのは、彼の条件じゃなくて彼そのものなんだなって感じてるの。だから、今こそ結婚した意味がある……って感じかな」

「結婚した意味？」

千春の言葉に由香里がゆっくりとうなずいた。

「こういうときに支えるために結婚したんだな、って」

学生のときから負けず嫌いで、弱音を吐かない子だったが、それは決して強がりを言っているようには感じられなかった。が、そんな千春の心の声が聞こえたかのように、由香里が小さく笑って言った。

「なーんて、半分は強がり。さ、もう行かなきゃ」

「……うらやましい」

思わず口をついて出た言葉に、腰を上げた由香里が振り返った。

千春は首をすくめてペコリと頭を下げて言った。

「ごめん。大変なときに不謹慎だよね。でも、誰かを支えたいとか、好きだとか……強く思えることが、うらやましくて。由香里はやっぱり、素敵な結婚をしたんだなって」

「……ありがと」

そう言って笑顔を浮かべた由香里を見て、千春は、ひとつわかったような気がしていた。

それは、自分にとって譲れない条件がなにか、ということだった。

浅井とは、その日のうちに会った。無理なら別の日でもいいと言ったのだが、浅井は二つ返事で待ち合わせ場所にやってきた。

「実は、僕の方もお話したいことがありまして。ちょうどよかった」

二人で近くの喫茶店に入ったが、席に着くなり浅井は緊張した面持ちでコホンと咳払いをして言った。

「前々から言われていた転勤の話が、正式に決まりました」

「……転勤？」

「はい。ドイツに、赴任を命ぜられました。それで、あの……一緒に、来ていただけませんか」

少し考えて千春はゆっくりと切り出した。

「素敵なお話だと思うんです」

「本当ですか」浅井が千春のほうに身体を乗り出した。「二年、二年で日本に戻れます。戻ったら出世コースです。絶対に、生活に不自由させません！」

「ふつうに考えたら、三十五歳の女にとって、もったいないような条件だと思います」

「じゃあ」

「でも、その……私にも、どうやら譲れない条件があるみたいなんです」

「何ですか、できる限り努力を……」

千春はひとつ息を吸うと、浅井を真っ直ぐに見て言った。

「私……たぶん、ちゃんと恋をしたいんです」

「恋……?」

狐につままれたような顔で、浅井が聞き返した。

「三十五歳にもなって、なに夢みたいなことをと笑ってください。でも、私、やっぱりちゃんと恋愛して、その恋した相手と結婚したいと思うんです」

「…………」

「本当は、浅井さんもそうなんじゃないですか?」

そう問いかけるように言われて、ぐっと言葉に詰まる浅井に千春は静かに頭を下げた。

「ごめんなさい……」

●

市場に売られていくヒツジになったような気持ちだった。

あんなことを言ってしまった春子に、どんな顔して会ったらいいのかわからない。合わせる顔がない。

足取り重く、春子のマンションに続く道を歩いていた千春の足がついに止まった。コンビニの前だ。

「行くか……」

千春はひとりつぶやくと、店に入っていった。

ビールとツマミを入れたカゴをレジの上に置いたとき、となりのレジから「あっ」という声が聞こえた。

見ると、そこにビールとツマミを両手に抱えた純平が立っていた。


「この公園、好きなんですよ、僕。何かあると、つい来てしまう」

例の噴水公園のベンチで、ビールを飲みながら純平が言った。

「私も」と千春。「ここ、私の定位置なんです」

「ここからだと、噴水がきれいに見えるんですよね」

「そうそう！　あ、知ってます？　ここ、春子さんが最初にデザインした公園なんですよ」

「へえ！　じゃあ店長とも、ここで一緒に飲んだりするんですか？」

「あ……いえ」

曖昧に言葉を濁す千春になにかを感じたのか、「そうですか」と言ったきり、純平はそれ以上はなにも聞こうとはしなくなった。

「……実は今日、帰りにくくて」

しばらくの沈黙のあとで、千春が切り出した。

「昨日、八つ当たりしちゃったので」

「え？」

「春子さんはまったく悪くないのに、私が強がって、嫌な態度とっちゃったんです……。ほんと最悪な居候です」

「……帰りましょうか」

「え？」

きょとんとする千春に純平が、転んだ千春に見せたあのときと同じ笑みを浮かべて言った。

「大丈夫ですよ。そういう日こそ、早く帰った方がいい」

純平の言葉に押されて帰って来てしまったけれど、いったいどんな顔をして春子に会えばいいのだろう。それを考えると、千春の足はマンションに近づくにつれて重くなった。

けれど、歩けば確実に、一歩ずつ前へ進んでいるわけで、もう春子のマンションは目と鼻の先だ。と、そのとき、千春はマンションのエントランスに立つ人影に気がついた。

「春子さん……?」

「さっき、工藤君から電話があって、店長と話したがっている人がこれから行くから玄関で迎えてくれって」と春子がタネ明かしをする。

「べ、別にそんなこと言ってない……」

口をもごもごさせる千春に春子が言った。

「ま、入ろ」

待っている間に冷えたのか、二の腕を手でさすりながらさっさとエントランスへ向かおうとする春子を千春が呼び止めた。

「あの、春子さん……!」

「………?」

振り返った春子に向かって千春が深々と頭を下げた。

「昨日はごめんなさい……。春子さんはまったく悪くなくて、むしろ私を助けようとしたというか、なのに私、あんな態度……」

千春のその言葉を吟味するように、しばらくじっと彼女のことを見つめていた春子がふいにニッと笑って言った。

「千春、おかえり」

リビングのテーブルで、公園で飲むつもりだったビールを口に運びながら千春がぼやいた。

「あーあ、もったいなかったかなぁ」

「何が?」と聞き役の春子は、コーヒー。

「恋がしたいとかきれいごと言っちゃったけど、この先、恋愛なんてできる自信ないですもん……。つき合うとかそういう以前に、誰かにときめいたり、好きになったり……そんなこと、できるんですかねぇ」

「さあ……」

「ねえ、春子さん。人は、何歳まで恋できると思いますか」

「そうだな……」

ふと春子がテーブルの上のアスターに目をとめて、言った。

「信じてる間はできるんじゃない?」

「え?」

「『信じる恋』っていうんだって、アスターの花言葉」

「へぇ……『信じる恋』か……」

　つぶやくように言ってうっとりとアスターを眺めていた千春が、ひょいと顔を上げて春子を見た。

「私も信じたら、また恋できますかねぇ?」

「それはどうだか」

「ええ、春子さん応援してくれるんじゃなかったんですか!」

　相変わらずお世辞が言えない自分がおかしくて、春子は、千春と一緒になって笑い出した。

第四章

朝、出社したときから千春は自分の周囲に流れる妙な空気を感じていた。

なんだろう、と思っていたら案の定、同じ職場で経理を担当している加藤美帆が決まり悪そうな顔で千春に話しかけてきた。

「あの、千春さん……私、結婚、決まったんです」

「え……？　あ、そうなの？　おめでとう！　言いにくそうにしてたから、悪い話かと思ったよ」

横でその様子をうかがっていた真里子が、なんだかホッとした表情で美帆に「よかったですね」と声をかけた。

「言おうと思ってたんですけど」美帆が慎重に言葉を選びながら弁解した。「千春さん、私よりずっと先輩だし……その……先越すのが……」

美帆が口にした「ずっと先輩の」の「ずっと」が気になったが、六つ違えば「ずっと」でもしょうがないかと、千春は受け流した。

「あ、そっか……そういうことね」

ひとりが寂しいとかなんとかよりも、周りから結婚できない可哀そうな人として気を遣われてしまうという、そのこと自体が辛いのだ。

その日の午後、真里子が「たまにはパーッといきましょうよ」と、合コンの誘いをかけてきたのも、そういった「可哀そうな人」への気づかいからだった。

「いいよ、私もう合コンで盛り上がるような年じゃないし」

顔の前で手を振る千春に、真里子が大げさに顔をしかめた。

「もう、千春さんてば！　億劫がってどうするんですか！　今晩予定でもあるんですか？」

「いや、特にないけど」

そのひと言が命取りだった。


その夜、開かれた平均年齢二十五歳（千春が二歳上げている）の合コンでは、異邦人になったような気分だった。

みんなゲームをしたり、懐かしアニメの話をしたりしているが、ほとんど意味がわからない。幹事の森田ふうに言えば「完全アウェイ」。当然、二次会のカラオケもパスした。

居酒屋を出たところでしつこく誘ってくる真里子を、他のメンバーのほうへ追いやってひとりになった瞬間、千春は思わずつぶやいていた。

「やっぱり、お呼びじゃなかったな……」

言い知れぬ寂しさと孤独感に襲われ、千春は道を行き交う人の群れにまぎれるようにしてゆっくりと歩き出した。

今日もあの公園……という言葉がよぎったとき、千春の目に〈本日のオススメ　自家製野菜チップス！〉という立ち飲み屋の看板の文字が飛び込んできた。

中は仕事帰りのオジサンで満員だったが、今日の千春には公園よりもこういったゴミゴミした場所で飲んだほうが気持ちが楽なような気がする。

威勢のいい「いらっしゃいませ！　なんにしましょう」の声に、生ビールと野菜チップスを注文すると、店主が奥のカウンターの客に向かって「ごめんね、お客さん。少し詰めてくれるかな」と声をかけた。

ずいぶん酔っているらしく、うつむいたまま身体をぐらつかせていた男が「あ、はい」と返事して顔を上げた瞬間、「アッ」と言って千春を見た。

「すみません」とその隣にいきかけて千春は息を呑んだ。

五年前に別れた例の元カレの圭介だった。

ひとしきり千春の合コン話で盛り上がったあと、ふと圭介が真顔になって言った。

「千春、変わらないな」

「え、そうかな」

「千春とは、こうしていつも笑ってた気がする」

「そうだったね」

「俺さ……」

「うん」

「結婚ダメになったよ。あなたと結婚するのは、やっぱり違う気がするって……」

「…………」

どう反応すればいいのかわからずにいる千春の耳の奥で「わかんねーよ、女って」とつぶやく圭介の声がこだました。

●

店のレジ前で発注伝票を見ていた春子が「あれ?」と首をかしげた。

「今日はずいぶんレンテンローズ入荷したんだね」

「ええ」純平がうなずいた。「知り合いの個展のスタンド花、レンテンローズをメインにしようと思って」

「個展って……このあいだのキレイな人のですか？」麻衣が目を輝かせた。「いいなあ、観に行ってみたいなあ」

「チケットあるけど、行く？」

そう言って純平がポケットの財布からチケットを取り出して麻衣に渡した。

やったあ、とチケットを受け取った麻衣の手元を興味深げに覗き込む春子に、純平が笑いながら言った。

「ただの後輩の女の子ですよ……。よかったら店長もどうぞ」

「ありがと……。へえ、『河野瑞希　絵画展』か……油絵……？」

「……ええ」

油絵という言葉に、純平が一瞬複雑な表情を浮かべたが、すぐになにもなかったかのように作業に戻った。

ふと静かになった店内に電話のベルが響いた。

二度のコールで麻衣が電話を取った。

「はい、『メゾン・フローラル』です……いつもお世話になっています……少々お待ち下さい」

保留ボタンを押して、麻衣が純平に言った。

「グランドヒルズ庭園の完成披露パーティ用の花、少し早めにセッティングして欲しいらしいんですけど、もうできてますかって……」

「できてるよ。いまからすぐに届けますって伝えて」

そう答えてバックヤードに向かいかけた純平を、春子が「あ、いいよ」と手で制した。

「私行く」

「でも、けっこう重いですよ?」純平は、心配そうな顔をした。

「大丈夫」と言って春子は、デスクに広げたグランドヒルズ庭園の完成予想図に目を落とした。春子は、自分が手掛けた最後のデザインの結果を、どうしても自分の目で見届けたかったのだ。


会場に入っていった春子を見て、かつての部下が物珍しそうに春子の周りに集まってきた。

もう自分で花のアレンジができるのか、とか、エプロン姿が堂に入っているとか、口々に声をかけてきたが、みなお世辞を言っているつもりなのだろうが、春子にとってそれは嫌味以外のなにものでもなかった。

「桐島……？」

自分の名を呼ぶ声で振り返ると、まるでお化けでも見たような表情の樋口が立っていた。

春子はことさら大きな営業スマイルを作った。

「あら、樋口部長」

樋口は、部下たちを適当な口実をつけて追い払うと、あらためて春子を見た。

「まさか、君が来るとはな……」

「意地で、来てしまいました」

「君らしいな」樋口が苦笑いして言った。

「無事、完成したんですね。私がいなくても……」

その言葉の通り、完成した会場は春子が想像していたように、いや、それ以上の出来栄えだった。

「君のデザインが完璧だったからできたんだ」樋口はそう言うと、じっと春子の目を見、声に力を込めた。「必ず本社に戻れるようにする。約束するよ」

春子は、樋口から視線をそらし、最後の作品になるかもしれないその庭園の光景を自分の目に焼き付けた。

　自分には、もう帰る場所はない……。

　春子はふとそんな気がした。


　最後に自分の署名に印鑑を押し、封筒に入れてその表に「退職届」と書き終えた瞬間、春子の頭にふと母親の顔が浮かんだ。

　明日にでも会いにいってみよう……。そう思ったとき、玄関のチャイムが鳴った。

　テーブルで水を飲みながらしゃべる、少しロレツが怪しい千春の言葉を、春子が聞き返した。

「辞めたって……会社を……？」

「なに言ってるんですか。結婚ですよ」

「……結婚とりやめ？　婚約破棄ってこと？」

「はい。彼女から一方的にフラれたって」

「そう。それで一緒に飲んだわけ」

「こうして再会したのも何かの縁だし……」コトンとテーブルにグラスを置いて、千春がひとり言のようにつぶやいた。「大丈夫かな、圭介」

「ほんと。大丈夫かな」

「ええ」とうなずく千春を春子がジロリと見た。

「千春がだよ」

「え？　わたし？」

「元カレを救いたいって気持ちはわかるけど、気をつけなよ。寂しさって連鎖するから」

「え……」

「片方が癒してくれるなら寂しさも半分になるけど、寂しい人間が二人集まっても寂しさが倍になるだけだから」

「わかってますってば」口をとがらせると、千春は自分自身に言いきかせるように言った。

「私は、昔なじみとして励ましたい、それだけです。大丈夫、大丈夫！」

「ならいいけど」

二人の間にしばらく沈黙が流れたあと、千春の携帯に続けざまに二本の電話がかかってきた。そのたびに千春の顔がほころびかかるが、いずれの電話も圭介からではなく、真里子と森田からだった。

「わかった、わかった。大丈夫、私行ってくるから。まかせて……はい、じゃあね」

ため息をついて電話を切ると千春が、明日、三人で一緒に今度結婚する同僚の結婚祝いを買いに行く約束をしてたのだが、二人とも用事ができて行けなくなったらしい、と春子に説明した。

「そうなんだ」と言うと春子がバッグからチケットを取り出して千春に「はいこれ」と渡した。

「なんですか、これ」

「何枚かもらったから。工藤くんから」

「工藤さんから……？　へえ、絵の個展ですか」

「よかったら、ひとりで時間を持て余したときにでも」

「春子さんはいいんですか？」

「私ぐらいになると、淋しさと仲良くなれるんで」

「淋しさと仲良く？」

「そう。わりと親友」

「そんな人生、淋しい……！」

千春はそういうと、握った両手を胸の前でブルブルと震わせた。


翌日、仕事が終わった後、美帆に贈るプレゼントを買うために千春は一人で横浜のデパートに行った。

買うものは鍋と決めていた。キッチン用品売り場に行くと、これから寒くなる季節だけに、鉄製から土鍋までたくさんの種類の鍋がそろっていて、〈冬のあったか家族の必需品！〉〈家族のまんなかにポカポカお鍋〉などと書かれたボードがあちこちに貼られて、いやでも「家族」という言葉が目に飛び込んでくる。

しかも、周りは新婚だか、結婚前だか知らないが、やたらとカップルが目立つ。

千春は、いちいち選ぶのが面倒になって、これなら文句ないだろうとばかりに、有名なフランス製の二人用鍋を買った。

レジで「ご自宅用ですか？」と聞かれて、「いえ、プレゼントです」と答えながら、財布を出したとき、昨日、春子がくれた例の個展のチケットのことを思い出した。

個展の会場は、デパートから歩いてすぐのビルの一階に入っている画廊だった。

受付でチケットと引換にもらったリーフレットによると、河野瑞希という作者はまだ新人らしい。とはいえ、こうした立派な画廊で個展が開けるなんて……どこか引け目を感じながらも、河野瑞希の絵は素人目に見ても美しくセンスのよさが感じられた。

展示されている絵の半分ほどを見終えた頃、すぐそばから聞き覚えのある声が聞こえてきて千春は思わず足を止めた。

振り返ると、こちらに背を向けるようにして純平が若い女性と立ち話をしていた。エプロンをしているところを見ると、純平はまだ仕事の途中らしい。千春は相手のその女性に見覚えがあった。浅井と行った美術館で見かけたあの女の子だ。

会話の間を見て話しかけようとしたとき、純平が彼女に言った。

「よかったよ。どれも河野らしい作品ばかりだった」

「ありがとうございます」

やはり、彼女が〝河野瑞希〟だったらしい。瑞希は、受付に飾られたレンテンローズがメインにデコレートされたスタンド花を見やって嬉しそうに微笑んだ。

「お花も、私の好きな色ばっかりアレンジしてくれたんですね」

二人の間に流れる親しげな雰囲気に、千春は完全に純平に声を掛けるタイミングを失った。千春は後ずさるようにして二人から死角になる柱の陰に身を隠した。まるでテレビに出てくる尾行中の探偵にでもなったようで、自分が滑稽だった。

「でも、すごいな。買いつけもされてるし」売約済みの札がつけられた絵をさして純平が感心したように言った。

「ありがたいです」瑞希がうなずいた。「私たち絵を描く者は、作品でしか世の中に求めてもらえないから」

「……そうだな」

しばらく絵のほうを見ていたが、やがて「じゃあ」と小さく手を上げて会場を後にしようとした純平を「先輩！　ちょっと待ってください」と瑞希が呼び止めた。

「…………？」

瑞希が、向こうで立ち話をしていた男に「沢井さん」と声をかけると、沢井と呼ばれた男は話を切り上げ二人のほうに歩いてきながら純平に小さく会釈して言った。

「工藤さんですね。この画廊のオーナー、沢井です」

「初めまして」と純平も会釈を返す。

「この方が、この間美術館で紹介するって言った沢井さんです」

瑞希の言葉に、純平は「ああ」とわずかに顔を曇らせた。

千春は、純平が噴水公園で話していたことを思い出した。「何かあるとついここに来てしまう」と言っていたのは、そのことに関係があるのだろうか……。

二人を引きあわせた後、取材を受ける準備があるとその場を離れる瑞希の背中を見送ると沢井が言った。

「工藤さん、いまも描いているんですか？」

「いえ」純平が首を横に降った。「最近はもう……」

「そうですか……。ま、絵は売れてナンボですからね。必要とされて、はじめて食べていけるんですから。そうじゃなかったらそれはただの趣味だ」

「はい……」

純平の胸の内を思うと千春は自分自身の身が縮むようだった。

「工藤さん、うちのスタッフになる気はありませんか？」

「え？」足元に落としていた視線を、ふいに純平が上げて沢井を見た。

「実は、瑞希から頼まれましてね……彼女、君のことが心配みたいですよ。花屋なんかでバイトしてるって」

沢井は、頬のあたりに薄ら笑いを浮かべてそう言うと、ジャケットの内ポケットから名刺を出した。

「一度、連絡を下さい。いちおうは絵に関わる仕事ですから、ずっといいと思いますよ」

その場に棒立ちになったまま差し出した名刺に手を伸ばさない純平を、遠慮しているとでも思ったのか、沢井はその名刺を純平のエプロンのポケットに差し込むと、回れ右して画廊の奥のほうへ行ってしまった。

純平はしばらくその場でぼう然と立ち尽くしていたが、やがてなにかに追い立てられるように、足早に会場を出て行った。

●

歩道に落ちた枯葉を踏みしめながら、背を丸めて歩いて行く純平の背中に千春が声をかけた。

「あの、すみません」

足を止め振り返った純平が一瞬けげんそうに目を細めた。

「千春さん……？」

「あの、春子さんからチケットもらって、それで」

「ああ」

「あの……私、絵のことはよくわからないんですけど、もしかして本当はまだ描きたいんじゃないですか？」

「え？」

「すみません、ちょっとその、聞こえてしまったというか……。ただ、もしそうなら、無理やりやめることないんじゃないかなって」

「…………」

「必要とか、売れるとか、関係ないんじゃないかな。絵が描ける、その才能があるだけでもすごいと思う」

千春はもどかしそうに、それでも言葉を探しながらしゃべり続けた。

「私なんて、何の取り得もなくて、ほんと平凡で……そうだ、もし工藤さんがもう一度絵を描いたら、私、その時にはファン第一号になります！　だから……」

純平がふと笑って千春を見た。

「僕の絵、見たこともないのに？」

「あ……いえ、そんなつもりじゃ……すみません」

「大丈夫です。わかってますから。自分の実力も身のほども」

確かに純平が言ったとおり、絵を見たこともないどころか、純平のことなどなにも知らない千春には返す言葉もなかった。

「それに」純平が続けた。「必要とされないヤツは、たとえどんなに頑張っても努力しても、どこまでも必要とされないんだってことも」

「…………」

「失礼します」と立ち去っていく純平を、なすすべなく見送る千春の胸に残ったのは、自己嫌悪という言葉だけだった。

●

春子は、その日の仕事を終えるとその足で鎌倉の実家へ帰ったが、春子を迎えた母の陽子はいつものような元気がない。理由は、祖母の房江だった。

房江は朝から妙にふさぎ込んでいて、今朝も陽子に、長生きをしてごめんなさい、などと言って謝ったのだという。

祖母の部屋に行くと、房江はベッドの上で半身を起こしていたが、その目には生気がなかった。

「おばあちゃん、ただいま。起きてたの?」

いつものように声を張ると、房江がゆっくりと春子のほうに顔を向けてかすかに微笑み、「こんばんは」と言ってお辞儀した。

「こんばんは」と挨拶を返し、春子は店からもってきた花束を房江に差し出した。それは、春子が花屋に移って初めてアレンジした花束で、誰かに売ってしまうのがおしくて自分で買い取ったものだった。

「これ、プレゼント」

春子がそう言って差し出した花束に、房江が目を細めて笑った。

「まぁ、きれいなお花……。嬉しいわ、見ず知らずの方から、こんな」

「どういたしまして」と春子はもう慣れっこである。

ニコニコしながら、受け取った花束を眺めている祖父に、春子が言った。

「長生きしてよ、おばあちゃん」

「ありがとうございます、本当に」

さっきまで青白かった顔色も、心なしかよくなっている。

「どういたしまして」と答えてから、春子がひとり言のように言った。

「ねえ、おばあちゃん、私は誰かにとって必要な人になってるのかな……」

しかし房江は、ただニコニコと春子を見るだけで答えない。わかってはいたが、春子はなんだか虚しくなって知らず知らずため息をついていた。


「どうだった、お祖母ちゃん」

「うん。お花あげたら喜んでたよ」そう答えてから春子が言った。

「今日はわたし、泊まっていくよ」

「でも、仕事は大丈夫なの？」

「大丈夫。もう、終わったから」

それに、千春にも今日は帰りが遅くなるとメールしたら、今日は実家に帰るので気にしないでくださいという返事が来ていた。

「そう」

うなずいた母の顔もかなり疲れている。

仕事の相談はとりあえず明日にしよう。

「お母さん、今日はよく眠ってよ」

春子は母のそばにいってその背中を手のひらでゆっくりとさすった。

●

マンションのエントランスホールのソファで眠り込んでいた千春の頬をなにか温かいものが触れた。

目を覚ますと、缶コーヒーを手にした春子がキョトンと千春の顔を見下ろしていた。

あわててソファに座り直すと、千春は自分が携帯を握ったままであることに気づいた。

同時に、まだボンヤリとしている頭に昨夜の記憶が徐々によみがえる。

そうだ。ここで春子の帰りを待っているときに、圭介から電話がかかってきて、ついつい話し込んでいるうちに、いつの間にか眠ってしまっていたのだ。

「実家に泊まったんじゃなかったの？」と春子が聞いた。

そう。実家に泊まるはずだったのだが、あらかじめ帰ることを告げておこうとかけた電話に出たのが、運悪く妹の千夏で、例のお見合いを断ったことを電話口でチクチクと言われているうちに、帰る気が失せてしまい結局ここで一夜を明かすことにしたのだ。

「行くところないなら急いで帰ってきたのに。こんなとこで寝てたら危ないじゃない」

母親のような口調で言う春子に、首をすくめて千春が言った。

「寝てたっていうか、朝方まで話してたんですけど……」

「もしかしてあの元カレ？」

「はい」気まずそうにうなずくと千春が自分自身に問いかけるように言った。

「うまく寂しさとつき合えるようになれば、誰かを傷つけたりしないですむようになるのかな」

黙って千春を見ている春子に、千春が自嘲ぎみな笑みを浮かべて言った。

「春子さんみたいに強くなれればいいのに」

「強くなんかないよ、私も」

「え？」

「ただコーヒー飲んでやり過ごしてるだけ」

そう言うと、春子が手にしていた缶コーヒーを「はい」と千春に差し出した。

受け取った缶の温もりが、冷えきった千春の手のひらに沁みこんでいった。

翌日も春子は実家に帰った。

母から昼間、おばあちゃんがどうしてもまた花束が欲しいと言っているので、持ってきてもらえないかという電話があったのだ。

「ただいま」と祖母の部屋に入って行くと、ちょうど母が祖母と二人でお茶をすすっているところだった。

「ああ、おかえり。悪いわね」

謝る母に「ううん」と首を横に振り、春子は純平と相談して選んだレンテンローズの花束を「おばあちゃん、はい、どうぞ」と房江に手渡した。

「ああ、ありがとう。とてもすてき」

房江の表情がパッと輝き、紅を差したように赤くなった。

しばらく大事そうに花を眺めていた房江が、ふと顔を上げて春子を見て、手にしていたその花束を春子のほうへ「どうぞ」と差し出した。

「え？　おばあちゃん……？」

戸惑う春子に、房江がとろけそうな笑みを浮かべて言った。

「昨日、花束をいただいたから……あなたに」

「………！」

「見ず知らずの年寄りから花束なんか贈られても、かえってご迷惑かもしれませんけど」

思わず涙がこぼれそうになるのをこらえ、春子は花束を受け取った。

「ありがとう」

「花束を受け取って下さる方に出会えて、本当によかった」

「こちらこそありがとうございます。大切にします」

そう言ってお辞儀した春子の肩に、母の陽子が静かに手を乗せた。

「よかったね……」

「うん」とうなずきながら、春子は花のもつ不思議な力をあらためて知らされたような気がした。


入り口のドアが開く音で、いらっしゃいませと言いかけた純平が、あれという顔をして春子を見た。

「お帰りなさい……あれ？　花束……」

春子が実家に持っていったはずのレンテンローズの花束が、春子の手にあったからだ。

春子が照れくさそうに笑って言った。

「逆に、もらっちゃった、祖母に……。『花束をもらったら、誰かに花束をあげたくなった』って」

「そうですか……」

コクリとうなずいて花束に見入る春子の様子に、純平の顔に柔らかな笑みが浮かんだ。

「誰かのことを大切にしたいと思っている人は、きっと誰かの大切な人なんだと思います」

「そうだね……。ありがとう」


純平を先に帰して、ひとりで報告書の作成などの事務処理をしていた春子は、ドアの開く気配でふとその目を上げた。

一人の男が緊張した面持ちで立っていた。仕立てのよいスーツに、きちんと櫛の通ったヘアスタイル、春子と同じか少し上くらい。彫りの深い顔に少し憂いの色が浮かんでいたが、全体的に育ちのよさを感じさせる男性だった。

そろそろ閉店の時間だったが、春子は心よく男を迎え入れた。

「いらっしゃいませ」

「すみません、あのブーケを……いや、やっぱり……」男の声はかすかに震えていた。

「あの、どうかされましたか？　先日も悩まれてらして」

そうなのだ。春子はその男を先週も見かけたことがある。そのときは、店のほうをチラチラと見ながら、前の道を何度か往復しただけでけっきょく、店の中に入って来ることはなかった。

「実は……」男はゴクリと唾を飲み込むと言った。「母の誕生日なんです」

「お母様の……？」

「ただ、母は……花を贈ってもわからないんです」

「そうですか」とうなずき返す春子の脳裏に祖母の笑顔がよみがえった。

男はそれでも踏ん切りがつかなかったのか、思いつめたような口調で「やっぱり花はやめておきます」と頭を下げた。

店を出ていこうとする男に、春子は思わず「あの」と声をかけた。

足を止め振り返った男に、春子が聞いた。

「いつなんですか、お誕生日は」

「……来週ですが」

「気持ちはきっと伝わると思いますよ」

「…………」

「ブーケの予約は当日でも承っておりますから。ゆっくりお考えになって、いつでもいらしてください」

その言葉を吟味するように、なにか考えこんでいた様子の男に、かすかな笑みが浮かぶのがわかった。

男はありがとうというように春子に会釈をすると、ゆっくりときびすを返して歩道の向こうに消えていった。

男の後ろ姿を見送りながら、春子は自分が笑っていることに気づいた。なぜか心がほのぼのと温かい。

春子は店に戻ると、バッグから例の「退職届」を取り出し、それをクシャクシャに丸めてゴミ箱に放り込んだ。

●

朝まで電話で話していたというのに、圭介はその日も電話をかけてきた。

仕事終わりに待ち合わせて、つき合っていたころよく行った野毛の居酒屋へ行った。

三杯目のビールに口をつけたとき、ふいに圭介がぺこりと頭を下げた。

「ごめん。毎日電話かけたりメールしたりで……。一人でいると辛くてさ。千春と話してるだけで救われるんだ」

春子の言葉を借りれば、片方が癒せるならば寂しさは半分になる。救いになっているのなら、これはこれでいいのではないかと千春は思う。

「おまえだったのかな、俺とつながってる人……」

「…………」

「考えてみたら、千春とはケンカしなかっただろ？　相性がよかったのかな」

そうかもしれない。

「別れたときも、なんとなく別れたっていうか……」

言葉少なに答える千春に、圭介が続けた。

「瞳とは、結婚式から住む場所からケンカばっかで……相性悪かったのかもしれない。俺、プロポーズする相手、間違えちゃったんじゃないかな」

急に真剣な眼差しを向けられて、千春の胸の中で心臓がドキリと跳ねた。

「あ、あはは。なに言っちゃってんの！」

顔が赤くなるのをごまかすように、千春はグラスの中身をごくごくと飲みほした。

「ほんと、なに言っちゃってんだろうな俺……」

ハハハと笑いかけた圭介がふいにうつむくと、声をしぼり出すように言った。

「でも、マジで一人でいるの辛いわ」

そのひと言で千春は、ほだされた。

それから一時間後、キャミソール姿になった千春は、鏡の自分と向き合っていた。

どうしよう。やけに緊張する。

ついついあの雰囲気で誘われるままに、ホテルまでついてきてしまった。部屋に入った瞬間、千春を抱きしめてキスをしようとした圭介を思わず押し返し「シャワーを浴びてくる」とバスルームに逃げ込んだ。まさか、今夜こういう展開になるとは思っていなかったので、いろいろとチェックしておかなければならないことがある。

シャワーを出しっぱなしにしたまま、鏡に向かってぶつぶつとつぶやきながら、千春は自分自身を点検する。

圭介と別れて五年ということは、五年分身体のラインが崩れているということだ。胸も心なしか垂れている気がするし、腰のくびれもなくなって、肌も……。

「ダメだ、やっぱ無理……」

怖気づく千春を、もうひとりの自分が叱りつける。

このチャンスを逃したら、次はいつになるかわからないんだよ。だって私はもう、三十五歳。どうする？　どうする千春？

しばらくぐるぐると考えたあと、ついに千春は「よしっ！」と小さく気合を入れてシャワーの栓を締めた。

シャワーの音が止んだとたん、バスルームのドア越しに圭介が誰かと話す声が聞こえてきた。

「――なんだよいまさら、マリッジブルーだったたって……⁉　婚約解消って言われて、俺がどんな気持ちでいたか……」

出るに出られなくなった千春は、こっそりとドアの隙間からベッドルームのほうをうかがった。こちらに背を向ける形でベッドに腰掛けた圭介が電話に向かって訴えるような口調でしゃべっている。

「なに言ってんだよ。いらないわけないだろ。俺だって、お前が必要だよ」

電話を切った圭介は、がっくりと肩を落とし、まるで試合に負けたボクサーのようだ。

千春は、大きく深呼吸をすると、一世一代の芝居を打った。

「いやー、シャワー、サッパリした！　目が覚めたよ。酔っぱらってこんなとこ来ちゃったけど、帰ろっか」

そう言ってさっさと帰り支度を始めた千春を、圭介がバツが悪そうに見て言った。

「聞こえてた……？」

「うん……。マリッジブルーだったんでしょ。だったら、許してあげたら？」

思っていたよりも自分が冷静であることに驚きながら千春は続けた。

「私たち、別れる時すらケンカしなかったよね。それって相性いいんじゃなくて、ちゃんとぶつかってなかったんだよ。私たち、思ってることぶつけ合えないような関係だったから、結びつきも弱かったんだと思う」

「…………」

「圭介には、ケンカできる彼女が合ってるよ。せっかくの赤い糸、自分から切ることないよ」

「千春……」

なにか言いかけた圭介を急かすように千春が言った。

「ほら、早く瞳さんのとこに行かなくちゃ」

「ごめん……。ありがとう」

あわてて部屋から飛び出していく圭介を、千春は笑顔で見送った。

廊下を走って行く圭介の足音がだんだん小さくなっていく。

ホテルの部屋にひとり取り残されてベッドの上に座っている自分は、いったいどう見えるのだろう。

千春は考えたくなくて、そばにあったリモコンに手を伸ばしテレビをつけた。

画面の向こうでは何人かのお笑い芸人が、ドタバタのコントを演っているところだった。

それが面白くて千春は思わず噴き出した。

「バカみたい」

そう口にしたら自分がバカに思えてきた。

「バッカだなー、ほんと……」

●

「けっきょく、今日もこのパターンか……」

噴水公園のいつものベンチに座り、真っ暗な空に浮かぶ三日月を眺めながら千春がつぶやいた。

手探りで野菜チップスをひとつかみすると、それを口に放り込んでバリバリ嚙み砕きながら思いっきり缶ビールをあおる。

思わずプハーッとやったとき、ふいに背後から「あの」という男の声がした。

純平だと思い、あわてて振り返ったらやはりそこにちょっと困ったような顔をした純平が立っていた。

「どうも」と会釈する純平に「ど、どうも」と返すと、純平のためにいそいで野菜チップスとビールをどかして純平のためのスペースを作った。

「また、野菜チップスとビール」

クククと笑うと、純平がふと真顔になって頭を下げた。

「昨日は、すみませんでした」

「あ、いや！　そんな」

あわてて首を横に振る千春に、純平はまだ申し訳なさそうな表情を崩さない。

「せっかく、励まそうとしてくれたのに」

「違うの！　私、勝手に自分のこと工藤さんに重ねてて……ほんと、ひとりよがりでした。ごめんなさい」

「いや僕こそ、なんか突き放すようなこと……」

「ううん、私こそ、立ち聞きしといて出しゃばって」

「いや、僕が」

「いや、私がッ」

思わず前のめりになり、にらめっこのような形で、お互い見つめ合ったあと、二人が同時に噴き出した。ひとしきり声を出して笑ったあと、千春が言った。

「変だよね。お互いムキになって」

「そうですよね」と純平が微笑み返した。

千春は、伸びをしながらベンチの背もたれに背中を預け、それまでずっと頭の隅で気になっていたことに話題を振ってみた。

「ねえ、工藤さんの彼女、すごく綺麗な人ですね」

「彼女？」

「この間の個展の……実は、前に美術館でデートしてるとこも見かけたんだ」

「ああ、あれですか……ただの後輩ですよ、彼女は」

純平は、平たい口調でそう言うと噴水池に視線を戻した。

「そうなんだ？　お似合いだと思ったのに」

「彼女のことは応援してるし、幸せになって欲しいと思ってます」

「そっか」

「はい」と答えたと同時に、純平が「あっ」と小さな驚きの声を上げて、ベンチ脇の花壇のほうに身を乗り出した。

「へえ、こんなとこにもレンテンローズ植えてあったんだ。この間、河野の個展のスタンド花、この花をメインにしたんです」

「レンテンローズ？」

「クリスマスローズの一種です。春咲きなんで、露地物だとまだ花は咲いてませんけど。大切な人とか、固い友情っていうんです、花言葉」

「大切な人……固い友情……」

千春はその言葉の感触を吟味するように、口の中で純平の言葉を繰り返した。

●

あくびを噛み殺しながらダイニングに入ってきた春子に、朝食の皿を並べていた千春が「おはようございます！」と元気一杯に声をかけた。

「……コーヒーだけでいいのに」

春子はここのところ朝の定型句のようになっているその言葉を口にしたが、そうは言いつつも素直にテーブルに着く。今朝のメニューはほわほわと湯気が立つ秋野菜のリゾットだ。

「圭介、仲直りしたってメール来ました」

千春が、春子のカップにコーヒーを注ぎながら言った。

「私と圭介は、ご縁はあるけど赤い糸じゃない。圭介の赤い糸は、やっぱり瞳さんと繋がっているんです」

「そう……」

春子は、すっきりした表情の千春を見た。まんざら負け惜しみでもないらしい。

「でも、赤い糸じゃなくても。夫婦や恋人みたいに、百％求めあうような絶対的なものじゃなくても、お互いに必要だと思える関係っていいですよね」

しみじみと語る千春、春子も同感だった。

「そうだね」

「どんな色の糸でも、誰かと繋がってると思えば寂しくなんかないですよね。たとえば、そうだな……友人とか」

「うん」

「家族とか？」

「うん、うん」

「……居候とか」

「うん……。え……！？」

千春は、してやったりという顔で春子を見て顔いっぱいで笑った。

「やった！　ついに居候も必要って認めてくれた！」

「いや認めたっていうか、いまのは言葉のアヤでしょ」

「え～」と不満げに口を尖らせる千春に、「だけど……」と前置きして春子がポケットからなにか取り出してテーブルの前に置いた。それは、赤いリボンがついた部屋の合カギ。ゆっくりとそれを手にとって千春が目をパチクリさせた。

「えっ、鍵？」

「ないと、なにかと不便だと思って」

春子は、照れくさそうに千春から視線をそらすと、手にしたコーヒーカップに口をつけた。

「あ、この赤いリボンって……もしかして……赤い糸？」

自分と春子とを交互に指さして、にんまりと笑う千春を春子があわてて否定した。

「もう、違うよ、これは……」

「春子さん！　ありがとう！」

子どもが母親にするように、千春は春子に抱きついていった。

「こら、なつかない！」

「何だろ、この居場所ができたって感じ」千春が不思議そうに言った。「私、もう結婚しなくても寂しくないかもしれません！」

「ずっといていいって意味で渡したわけじゃないからね？　ちょっと千春、勘違いしないように！」

春子はコーヒーカップを下に置くと、すりすりしてくる千春のおでこを人さし指の先でパチンとはじいた。

第五章

千春はその日の昼休み、急に会いたいと電話をかけてきた妹の千夏と職場近くのカフェにいた。この前、母親と行ったあの店だ。

「世間様に顔向けできないから、ちゃんとした結婚式挙げないとダメだとか……結婚は、お母さんのものじゃないのに！」

憤慨しながら、目の前のサラダにフォークを突き刺す千夏に、千春は首をかしげた。

「お母さんらしくないと言えば、お母さんらしくないけど」

「私は友だちと祝うだけでいいって思ってるの。なのにお母さんったら……これじゃ誰のために結婚するのかわかんないよ。結婚するのはお母さんじゃなくって私なのに」

「でもさあ」千春は最初から疑問に感じていたことをぶつけた。

「千夏だって、ついこの間までちゃんと結婚式場でやるって言ってなかった？　お色直しのドレスまで決めてさ」

「それはさあ、なんていうか……」少し口ごもってから、千夏は思い直したように、キリッと姉を見た。

「気が変わったの。今さらそんな仰々しくやることもないかなって。今月の末あたりに友だちだけ集めて軽くやるつもり」

「ずいぶん急だね」

「とにかく私としては、できるだけ早く、簡単に済ませたいの」

昔から一度言い出したら、テコでも動かない妹に困惑の表情を浮かべる千春に、千夏が言った。

「だからねえ、今日、一晩だけでいいから泊めてくれない。お母さんとあんな言い合いしちゃったから、今日は帰りたくないんだ」

「無理だよ」と千春は即答したが、自分は「なかなか結婚しないお姉ちゃん」の、いわば犠牲者なのだから、少しは「罪滅ぼし」してよという千夏の強引さに押し切られる形で、いちおう家主である春子に聞いてみる、ということでその場は収まった。

妹といったん別れてから、千春は春子に電話をかけ、ダメ元で事情を説明すると、千春の困りぶりを察してくれたのか、春子はあっさりOKを出した。が、友だちだけ集めて結婚パーティという件については反対した。

——お母さんが娘の結婚を一緒に喜べないなんて、よくないよ。

電話口でそう言った春子に、千春は思わず「えっ」と聞き返した。日頃から、自由と自主性を重んじる春子の言葉とは思えなかったのだ。

――ほら、私は母親の夢を叶えてあげられなかったクチだから。

「…………」

――前に、母に結婚しないでごめんねって言ったことがあって、そのとき母がなんて答えたと思う……。『お母さんは、あなたが生まれてきてくれただけで嬉しい』って。

「そうなんですか」

――それならかえって、親不孝者ってなじられたほうが気が楽だと思った。だから、なにかの折りにふとその言葉が蘇ってきて心がシクシクと痛むときがあるんだ。

「…………」

電話を耳に当てたまま、つい考えこんでしまう千春に、春子がさとすように言った。

――時間をかけて親御さんと話したほうがいいよ、きっと……。

千春が来るまでは、春子がクローゼット代わりに使っていた四畳ほどの洋間に、半分重ねるようにして布団を並べて敷きながら、千夏が言った。

「なんかキャンプしてるみたい。あの上高地行ったときの」

こうして妹と枕を並べて寝るのは何年ぶりだろう……。

「まだ持ってるよ、おそろいで買ってもらったやつ」

そう言うと千春はバッグの中から、上高地で買ったキーホルダーを取り出して見せた。クヌギの木をかたどったそのキーホルダーには、春子がくれた例の赤いリボンつきの鍵をつけていた。

「うわ！　お姉ちゃんモノ持ちいいねえ」

「まだぜんぜん現役だよ」

「私、お父さんに買ってもらってすぐ失くしちゃって。でもいくら泣いても、お姉ちゃんくれなかったよね」

「そうだっけ？」千春がクスッと笑った。「欲しいって言われると、よけい大事になってあげたくなくなるんだよね」

千夏がふと懐かしそうに言った。

「あの頃、お父さんのお嫁さんになる！　とか言ってたなあ」

「その千夏が、本物のお嫁さんになるんだもんね……。女の子なら一度は抱く夢なのかな、お嫁さんになるって」

「大人になるごとにずいぶん現実的になるけどね」

二人で笑い合ったあと、千春がしんみりと言った。

「そうやって、結婚して母親になると今度は子どもの結婚が夢になるのかもね」

「…………」

ふと黙り込んだ千夏の顔をのぞきこんで千春が言った。

「もう一回、ちゃんとお母さんと話してみたら？」

「ありがと、お姉ちゃん。でも、私、結婚式はしないから」

千夏はそう言うと、千春に背を向けるようにして布団にもぐりこんだ。

「明日はどうするつもり？」

行かなきゃならないところがあるから……。

そう答えただけで、千夏は「おやすみ」と布団をかぶって寝てしまった。

●

昼下がり、ワゴンに並ぶ切り花の手入れをしていた春子は、人の入って来る気配に仕事の手を止めて顔を上げた。

「いらっしゃいませ」と声をかけてから、春子はそれが先日の男性であることに気づいた。

どこか恥ずかしそうに「どうも」と軽く会釈した男に、春子が言った。

「お母様にブーケを贈る決心、つきました？」

「あの……あまり目につかないやつってありますか？」

「は？」

思わず聞き返した春子に、男はあわてて言葉を付け加えた。

「何というか、こう目立たないというか、気にならないというか、あまり人の印象に残らない……」

「あの、それではあまり花束の意味が」

「あっ……！　ですよね」

「あのう、差し出がましいようですが、もしかして花束を持つのがちょっと恥ずかしい、とか？」

男は決まり悪そうに、白髪交じりの頭に手をやった。

「ええ、じつは……」

男が花を買うのが恥ずかしいなどと、時代遅れな考えの持ち主であるこの客のことが春子には、かえって微笑ましく感じられた。

「でしたら、外から見えないようにお包みすることもできますよ」

「本当ですか？」

「はい。ですから、どうぞ店の中では人目を気にせず、ご自由に選んで下さい」

「そうですか、じゃあ」男は嬉しそうに顔をほころばせて店の中を見回した。

「どうぞごゆっくり。店の中でしたら、お知り合いに会うこともまずないでしょうし」

春子がそう言ったまさにそのとき、店の奥から出てきた麻衣が男を見て「あっ」と息を呑んだ。

「谷川教授っ⁉」

「えっ……⁉」男が目を丸くしてその場に固まった。「き、君は……」

「はい！　先生の現代社会学、とってます！」

そう言ってお辞儀する麻衣と谷川教授と呼ばれた男の顔を見比べながら春子が聞いた。

「麻衣ちゃんの大学の先生？」

「はい！」

春子は思わず谷川に向かって「すみません」と頭を下げていた。店の中だったら誰にも見られないと言ったことに責任を感じたのだ。

「いいえ、あなたが謝ることでは……」

「………？」

麻衣は、自分が現れたことで、どうして店長が謝っているのかわからない。

「花束、どうされますか?」と聞いた春子に、谷川が「いや」と遠慮がちに手のひらを見せて言った。

「今日は……」

しかし、その場に流れる微妙な空気を読めない麻衣は、「教授、どなたかに花束贈るんですか?」と嬉々として花を選び始めた。「私が素敵な花束作りますから! まかせてください!」

その様子を横目で見て、春子がもう一度「すみません」と申し訳なさそうに頭を下げる。

「いえ、あなたが謝ることでは」

谷川は、そう言いながらも少し嬉しそうだった。

●

朝、駅で千夏と別れてから数時間後、千春の許に一本の電話が入った。

電話は病院からで、妹が書いた書類の緊急連絡先として千春の携帯番号が記載されていたのだという。どうして、実家ではなく自分なのか不思議に思いながら、千春は母に電話を入れた。

その病院は千春も子どもの頃から、何度か通ったこともある地元の総合病院だった。病室に向かう途中の廊下で、先に来ていた母と会った。

「いま眠ってる。千夏、妊娠してたの」

母の言葉に目を丸くする千春に、紀子が声をひそめた。

「四ヶ月ですって。本人も最近気づいたのね」

「それで診察に……。で、大丈夫なの？」

「つわりがひどくなっただけだって。母子ともに健康よ」

「よかった」と胸をなで下ろす千春に、紀子がため息まじりに言った。

「妊娠してたからなのね」

「え？」

「千春が急に、結婚式をやらずに友だちだけ集めてパーティーだけで済ませたいなんて言い出したの……。それならそうと言ってくれたらよかったのに。いまさら、怒ったり、責めたりなんてしないのに」

そう言ってまたため息をつく母に、千春が言った。

「千夏、みんなの期待に応えたかったのかも」

「どういうこと?」

「昔からウチって『まず結婚、それから子供』ってさんざん言ってたじゃない? それが世間の常識だって……」

「それはそうだけど」

「順番、守りたかったんだよ……。式はまだ半年も先でしょ。その頃になったら、お腹もずいぶん目立ってくるし……。親戚や招待客の前でお父さんお母さんがどう思うかとか、陽一郎さんがどう思われるか、とか、千夏なりにいろいろ考えたのかもね」

「…………」

「あの子、姉の私が結婚しない分まで自分に期待がかかってるって、応えたいって思ってるから」

「千春……」

なにか言いたげな母に、千春は「大丈夫」というように笑みを浮かべた。

が、その母の言葉の先に、もっと言いたいことがあったことを、そのときの千春はまだ気づいていなかった。

夜間専用入り口から急ぎ足で入ってきた父の卓に、声をかけようとしたとき、背後から「田中さん」と呼ぶ声があった。

卓は娘の姿に気づかないまま、声の主に向かって「どうも」と会釈した。父に声をかけたのはひとりの若い看護師だった。

「奥様の入院のほうはもう準備できましたか?」

「あ……はい、まあなんとか」

「そうですか。それじゃあ、お大事に」

「どうも」と頭を下げ、再び歩き出そうとした卓に「お父さん」と声をかける。

「千春!」

まるで会ってはいけない人と会ってしまったかのように驚く父を見たとき、千春はなにか嫌な予感がするのを感じた。


「入院って何のこと? お母さん、どうかしたの?」

「いや……」いったんは否定したが、卓はやがて観念したようにその重い口を開いた。

「胃に腫瘍がね、見つかったんだ。まだ、小さなものらしいが……実は、明後日から入院することになって」

「どうして教えてくれないの！」

「おまえたち二人には余計な心配かけたくないから知らせるなって……」

「知らせるなって、そんなこと言ってもすぐにわかることじゃない」

「それはそう……なんだけれども」

「それで千夏に、ちゃんとした結婚式をして欲しいって？」

「ああ」とうなずくと卓が遠慮がちに千春を見て言った。

「女親の夢だからなあ、子供の結婚式ってやつは……。娘の晴れ姿、ちゃんと見ておきたいと思ったんだろう」

「…………」

千春は、父の口ぶりから、もしかしたら母の病状が思わしくないのではないかと思った。

「俺だって同じだよ」

「お父さん……」

「親はいつかいなくなる。だからちゃんと子どもが幸せになる姿を見届けておきたいんだ」

千春は返す言葉がなかった。

「子どもの頃、三十代って。もっと大人だと思ってたな」

噴水公園のベンチに背をもたせかけながらそう言った千春に純平が「僕も」とうなずいて言った。

「三十代なんてもうすっかりおじさんで、親の面倒くらい見られる器になってるって思ってました」

別に二人は示し合わせてここに来たわけではなかった。それぞれにここに来たくなる理由があったのだ。この日は純平が先だった。

●

純平はその日、法事で静岡の実家に帰っていた……。

久しぶりに見る自分の部屋は、前に帰って来たときとまったく変わっていなかった。あちこちにキャンバスやイーゼル、絵の具の箱などがうず高く積まれていて、昔はいつも部屋に充満していた絵の具の匂いだけが薄れたような気がする。

法事の後に開かれた食事会ではさんざんだった。

親戚の誰が結婚したとか、子どもができたとか、就職したとか、出世したとか……。そんな話ばかり。それだけならいいが、話の矛先は自分にも向けられ、いつまでバイト暮らしを続ける気なんだなどと、みんなに代わるがわる説教される始末。優秀な親戚や兄弟の中で、純平ひとりが変わり者、要するに「黒いヒツジ」というやつだった。

部屋で大の字になっているとき、そこに、直ぐ上の兄の遼平が入ってきた。

「何だかんだ言って、この部屋片付けようとしないんだよ、親父もお袋も」

「さっきはありがとう」

みんなの前で遼平だけが、純平をかばってくれたことに礼を言ったのだ。

笑って首を振り遼平が言った。

「お前ももう少し要領よくなれよ。でも俺はいいと思うよ、絵でも何でも。本当にお前がやりたいと思ってるなら……。ただ、中途半端にして、親父とお袋に心配かけるようなことだけはやめろ。安心させてやれよ。二人とも、もう年なんだから」

純平は返す言葉がなく、「わかってる」とだけ言って帰り支度を始めた。

やっぱり帰ってこなければよかった……。

「もう子供もいて、ＰＴＡとかしてると思ってた」

千春の言葉に現実に引き戻された純平は苦笑いをして千春の言葉を繰り返した。

「ＰＴＡか……」

「こんなにまだ自分に何もないと思わなかった」

純平もまったく同感だった。

「うん」とうなずいた純平に、千春が切り出した。

「妹がね。ちょっと母と揉めちゃって……。母は妹に幸せな結婚をして欲しいだけなんだよね、妹も母に心配かけたくないだけで……お互いのことを思ってるだけなのに、なぜかぶつかっちゃって」

「素敵なご家族ですね」

「え？」

意外そうな千春に、純平が言った。

「お互いのこと思ってる」

「……うん」

「誰かを幸せにしたいって思うのは、それだけで素敵なことだと思います。今、千春さんも妹さんを幸せにしようとしているし」

「でも、何もできなくて……」

弱気になる千春をさえぎるように純平が言った。

「できますよ、きっと何か」

「そうかなあ」

そうつぶやくと千春が、不安を打ち消すようにビールを口に運んだ。

●

病室から出てきた千夏にぴったりと寄り添うように歩きながら、陽一郎が千春に頭を下げた。

「すみません、お姉さん。仕事大丈夫ですか」

「大丈夫。今日は半休もらったから」そう答えると、千春が横を歩く陽一郎越しに千夏を見た。「それより、とりあえず家に帰って、大人しくしてるんだよ」

「すみませんでした」陽一郎がまた頭を下げた。「千夏の妊娠のこと、本当は誰よりも先にご家族にお伝えしなければならなかったのに」

「陽ちゃんのせいじゃないよ」と千春が婚約者をかばった。

「私が黙っててって言ったから……ごめんね、お姉ちゃん」

「謝らないでってば……。二人に子どもができて私も嬉しいよ」

「お母さんにも同じこと言われた」

「えっ」と聞き返した千春に、千夏が答えた。

「それで『月末にお友達とお祝いしなさい。お母さんはそれでいいから』って」

千春は「そう」と答えながら、昨日父親が言った言葉を思い出していた。

――女親の夢だからなあ、子供の結婚式ってやつは。娘の晴れ姿、ちゃんと見ておきたいと思ったんだろう……。親はいつかいなくなる。だからちゃんと、子供の幸せを見届けておきたいんだ……。

千春はふと足を止めると、千夏の顔を真っ直ぐに見て、母の紀子の胃に腫瘍が見つかったので、明日から入院しなければならないことを打ち明けた。

「お母さん……」と絶句する千夏に、千春が言った。

「ねえ、お母さんの夢、叶えてあげようよ」

自分の取り越し苦労ならいいのだが、母に「もしものこと」があったときに後悔はしたくない。そう考えての提案だった。

「無理だよ」千夏が困惑顔で答えた。「式場も、もうキャンセルしちゃったし」

「結婚式は無理でも。千夏の幸せな姿、入院するまえにお母さんに見せてあげようよ……。いま、お母さんの夢を叶えてあげられるのは、千夏だけなんだよ」

「お姉ちゃん……」

「これで少しは罪滅ぼしになるでしょ？」

そう言うと千春は、意味ありげにニッと笑った。

●

今日、仕事が終わったら少し聞きたいことがあるので会えないかという瑞希からのメールに、終わったら電話をすると返事を送って、携帯をエプロンのポケットにしまおうとした純平の背中でふいに千春の声がした。

「純平君！」

ここまで急いで来たらしく、千春はハアハアと肩で息をしていた。

一体何ごとかと目をパチクリさせる純平に、千春が声を弾ませた。

「昨日、私何もできないって言ったけど。やってみる！」

千春はそう言うと、明日、母親に妹の花嫁姿を見せるためにこれから、ひとっ走りウエディングドレスを調達しにいくところなのだと早口で話した。

「これも純平君と話したおかげだから。それだけ言いたくてきたの」

そう言い残して再び走りだした千春を見送る純平に、店から出てきた春子が聞いた。

「いま、千春の声してたよね？」

「来たと思ったら、あっという間に……」雑踏に消えていく千春の後ろ姿を見やりながら純平が言った。

「明日のために妹さんの花嫁衣裳、借りに行くそうです……」

小走りにかけてゆく千春のほうを、つま先立ちになって見送る春子が、純平に聞こえよがしに言った。

「あの子、足遅いんだよねえ」

「！……」

純平はその場で回れ右して店に戻ると、大急ぎで壁にかかっていたクルマのキーをつかんだ。

駅に向かって走る千春に並走するクルマの窓から純平が大声で叫んだ。

「千春さん！　乗って下さい」

「え？」

「お手伝いさせて下さい、僕も」

手帳を手にした千春に指示されるままに、純平はハンドルを切ったが、どのドレスショップからも、今日の明日では対応できないという返事がきた。普通のウェディングドレスなら問題なくても、やはり妊婦が着ても負担の少ない、いわゆる「マタニティウェディングドレス」はどの店も在庫が限られている。

手帳にリストアップしておいた最後のショップにバツ印をつけたとき、千春の携帯が鳴りだした。春子からだった。

前置きなしに春子が切り出した。

――レストランでガーデンウェディングってどう思う？

「え？　どういうことですか？」

――前に私が、庭をデザインさせてもらった店があるんだけど……千夏ちゃん、そういうの好きかな？

「きっと喜ぶと思います」

――了解。じゃ、ちょっと当たってみる。

一方的にそれだけ言うと春子は電話を切った。

パーティ会場は決まったとしても、肝心のウェディングドレスが手に入らない。

ため息と共に、携帯をバッグにしまいかけた千春の脳裏にふと、つぐみの顔が浮かんだ。

もしかして、なにか知っていればと思い、電話をかけてみたら大正解だった。

知っているどころか、来月に控えた自分の結婚式のために新調したマタニティウェディングドレスを、千夏のために貸してくれるという。

いまからすぐに借りにいくと言う千春に、つぐみはいまいる川崎の自宅まで取りにくるのは二度手間になるからと、千春の、つまり春子のマンションまで届けるとまで言ってくれた。

電話を切ったあと、千春から話を聞いた純平が自分のことのように喜ぶのを見て、千春は胸が熱くなるのを感じた。

それから二時間もたたないうちに、千春はそのウェディングドレスを目の前にしていた。

ドレスケースから取り出した純白のウェディングドレスに、千春が目を瞬かせた。

「これ、つぐみの？」

「うん。私も探したんだけど、マタニティのはなかなか数がなくって。結局、買うことにしたの」

「でもやっぱり悪いよ。つぐみが着る前に」

「いいの、いいの」とつぐみが顔の前で手を振って言った。

「知らない？　花嫁が身につけると幸せになれるサムシング4《フォー》……。つまり、サムシング・ニューが『何か新しいもの』でしょ、サムシング・オールドは『何か古いもの』、サムシング・ブルー『何か青いもの』、そしてサムシング・ボロウド、『何か借りたもの』」

「サムシング・フォーか……」

「千夏ちゃんが着てくれたら、このドレスは『何か借りたもの』になるし、私にとっては『何か古いもの』になるってわけ」

そう言ってニッコリと微笑むつぐみは、この間会ったときとは別人のように輝いていた。

「ほんとにありがとう」と頭を下げた千春に、つぐみが照れくさそうに言った。

「ううん、嬉しかったよ、頼ってくれて」

「え？」

「結婚するって言ってから、なんか千春、私に遠慮してるみたいだったから」

確かにつぐみの言う通りかもしれない。友だちの中で残っていた未婚組の最後の砦だったつぐみに先を越されて正直、千春は面白くなかった。

「ごめん」と素直に謝る千春に、「そんな、謝らないでよ。本当に嬉しかったんだから」と言って笑うつぐみが、千春にはまぶしく見えた。

●

千春を駅で落として店に戻ってきた純平に、春子が一枚のショップカードを手渡した。

「これ、明日の場所だから」

つまり、それは春子が明日の千夏の結婚パーティー会場の手配に成功したことを意味すると同時に、純平にブーケの用意をしておくようにという意味でもあった。

「了解です！　お疲れ様でした」

帰っていく春子を送り出して、壁の時計を見るとすでに九時を回っていた。

これから店の片付けをしてブーケを作ることを考えると時間はあまり残されていない。

仕事が終わったら瑞希に連絡すると約束していたことが頭をよぎったが、まだ、仕事が終わったわけではないし、連絡するのは明日でもかまわないだろう。

純平は「よし」と気合を入れると、仕事に取りかかった。

その頃、春子のマンションのリビングでは、千春がドレスのサイズ直しに悪戦苦闘していた。千夏は、つぐみより小柄なのでしつけ糸で、ところどころまつってサイズを合わせなくてはならないのだ。

「ただいま」と帰ってきた春子にも、千春は「おかえりなさい」と一瞬顔を上げただけで、針を動かす手を止めないまま答えた。

「先、寝てて下さい。まだちょっとかかるんで」

「了解」春子はしばらく千春の手元を眺めていたが、寝支度をするため「おやすみ」と小さく声をかけ自分の部屋に入っていった。

千春の仕事が終わったのは、すっかり夜も明けてそろそろ六時になろうという頃だった。完全とは言えないまでも、いちおうこれで形になった。

満足そうにドレスを広げて見る千春に、「お疲れ様」の声がかかった。

驚いて振り返ると、春子が両手にコーヒーカップを掲げてそこに立っていた。

「ひと息ついたら?」

「あ、起こしちゃいました?」

テーブルにコーヒーカップを置きながら春子が言った。

「今日は早起きしたい気分だったから」

熱々のコーヒーをひと口すすった千春の口から、フーッという深い吐息と一緒に「美味しい」が出た。

「飲んだら、バイク便出るよ」

「え？　バイク便……」

「花嫁の実家経由、式場行き……。ドレス、千夏ちゃんに届けなきゃなんないでしょ」

春子がニッと笑った。千春も笑い返したつもりだがうまく笑えた自信がなかった。

●

その日の会場となった、春子が庭のデザインを担当したというそのレストランは、港の見える丘公園の側にあった。中庭の素晴らしさは言うまでもなく、調度品の一つひとつが洗練されていて、シックで落ち着いた雰囲気は、こぢんまりとしているが、横浜という街に見事に溶け込んでいた。

控え室でウェディングドレスに着替えた千夏は、貸してくれたつぐみには申し訳ないが、まるで千夏のためにデザインされたように、そのドレスを着こなしていた。その横に付き添う千春の顔も、徹夜明けにもかかわらず誇らしげで、輝いている。

その千夏に、やはり純平が徹夜で仕上げた、サムシング・ブルー、青いデルフィニウムのブーケを手渡す。

「ご結婚、おめでとうございます。末長くお幸せに」

受け取った千夏は「ありがとうございます」と「きれい」を何度も繰り返し、それが千夏の感激ぶりを表していた。

千春は、その千夏の様子が自分のことのように嬉しい。

「ありがとう」と声をかけた千春に純平が微笑み返す。千春には、その純平の目の下にできた薄いクマさえもが、純平のチャームポイントに見えた。


千春に手を引かれ、ブライダルベールのブーケを手にした千夏を見たとたん、紀子が声を詰まらせた。

「千夏……!」

涙ぐむ妻の手を、卓が両手で包み込むようにして握った。

照れくさそうにはにかんで「どうかな?」と聞く千夏に、紀子がコックリうなずいた。

「きれいよ、とっても」

その横で「ああ、キレイだ」と卓も首を縦に何度も振る。

「ありがとう……お姉ちゃん」

「幸せになってね、千夏」

「なれるかな、私」

「大丈夫！」千春は妹の目を真っ直ぐに見て「花嫁が幸せになるサムシング・フォー」と言うと、ドレスを指して「何か借りたもの」、ブーケを指して「何か新しいもの」、そしてデルフィニウムの花を指して「何か青いもの」と順番に挙げていく……が、ひとつ忘れていたものがあった。

千春はバッグから上高地のキーホルダーを取り出して千夏に手渡した。

「はい、『何か古いもの』！」

「お姉ちゃん……」

千夏の瞳がウルウルしかけたとき、そこに両親を連れた陽一郎が入ってきた。

「すみません、遅くなりました！」

「あ、お父様、お母様……」

あわててお辞儀をする卓と紀子に、「どうもご無沙汰しておりまして」と陽一郎の両親が挨拶するという、どこの式場でもよく見かける光景が展開された。

ひとしきり挨拶が済んだところで、春子が店員に合図を送ると、柔らかな秋の陽光が差し込むガーデンテラスに、結婚行進曲が流れ始めた。

「千夏、陽一郎君、おめでとうございます！」

千春のかけ声で、あちこち、と言っても新郎新婦の両親と、春子、純平の六人だけだが、はやしたてたり拍手したりと案外にぎやかな披露宴の幕開けとなった。


楽しそうに談笑する家族に囲まれ、笑みを交わし合う千夏と陽一郎の様子を眺めながら、千春が隣に座った春子に言った。

「結婚って、やっぱり結婚する二人のものだと思うんです。二人が幸せになるためにするんだと思う……。でも、二人だけのものじゃない。二人の幸せを祈ってくれる、周りの皆のものでもあるんですね」

「そうだね……」春子が感慨深げにゆっくりとうなずいた。

「親のものでもあるし、応援してくれる友だちのものでもある……」

千春の目は、母と楽しげに話している妹を見ていた。千夏はまるで自分に宿った新しい生命を守ろうとするように、その手をおなかの上に添えていて、その姿はすでに母親を感じさせた。

「それに、これから生まれてくる赤ちゃんのものでもある」と言葉を足した千春に、春子が「うん」と相槌を打つ。

「自分のものだけじゃないって、ちょっと面倒臭いけど」千春がクスリと笑った。「私も周りを幸せにできる結婚をしたいなって」

「………」

「素敵なブーケだなあ」

千夏が手にしたブーケを見て、ふとそうつぶやいた千春に、春子が「工藤君らしいよね」と言うと、テーブルの上に置いてあったカードを千春に見せた。

それは、純平の手書きで、「デルフィニウム　花言葉～あなたを幸せにします～」と記してあった。

千春は無意識に純平の姿を目で捜していた。

みんなと少し離れたところで、純平は庭の花を見ていた。

ふいに、陽一郎の声があたりに響いた。

「ブーケトスします！」

「お姉ちゃん、行くよ！」と千夏。

「え？」と聞き返したときには、ブーケは千夏の手を離れ、宙に舞っていた。

「ありがとう、お姉ちゃん！」

ブーケがクルクルと回転しながら千春目がけて飛んでくる。千春はあわてて手を伸ばしたが、ブーケはその手をすり抜けて千春の頭に当たって地面に落ちた。

同時に周りから「あ〜あ」という声がする。

「もう、お姉ちゃんてば……」

「………」

拾おうとしたとき、横から純平がサッと手が伸ばしてブーケを拾い上げた。

「ハイ……落としちゃダメじゃないですか」

純平が差し出すブーケを「どうも」と受け取りながら、千春は顔が赤くなるのを見られたのではないかと、思わず春子の顔をうかがっていた。


先に花屋に戻らなければならないという純平を、店の外まで見送りに出た千春が、運転席の純平に向かってペコリとお辞儀して言った。

「今日は本当にありがとう」

「いえ……僕の方こそありがとうございました」

「えっ、なんで？」

「その……誰かを幸せにしたかったんです、僕も」

誰かって、誰なんだろう……。一瞬、ハッとして純平を見た千春に、純平がはにかんだように笑って「じゃ、また」と手のひらを見せた。

「う、うん……また」

エンジンの音が高くなって、クルマがゆっくり動き出す。

クルマが通りの向こうの角を曲がっていくのを見届けてから、千春は手にもっていたブーケに目を落とした。

デルフィニウムの清冽な青が目に染みる。

サムシング・ブルー。自分もいつか……。

千春は、知らず知らずのうちに自分の顔がほころぶのを感じていた。

第六章

　三本目のワインがそれぞれのグラスに注がれ、三度目の「カンパーイ！」という声が、春子のマンションのリビングに響き渡った。千春の休みと花屋の定休日が重なったので、急きょその日、「店長」春子の家で飲み会が開かれることになったのだ。

　春子や純平、千春の三人とグラスを重ねた後、麻衣が自分のジンジャーエールを口に運びながらため息まじりに言った。

「ああ、私も早くお酒が似合う年になりたいなあ……」

　春子がジロリとにらむふりをした。

「なーに贅沢なこと言ってんの。なんなら代わってあげようか、四十代と……」

「いやいや」千春がゆっくりと首を横に振った。「だったら三十代のほうがいいよね」

「千春、あなたはもう三十五歳でしょ。四捨五入したら四十。私と一緒だから」

　雲行きが怪しくなるのを察し、純平がさも感心したような声で「やっぱり旬の食材を使った料理は美味しいですねえ」と話題を変えた。

「ほんと？　よかった」

料理担当の千春が満面の笑みで答える横で、麻衣が春子に聞いた。

「ねえ、店長が二十代、三十代の頃ってどんなだったんですか？」

「うん？　そうだねえ……してはいけないことしてたかな」

意味深な笑みを浮かべて答えた春子のほうに麻衣が身を乗り出した。

「へえ、店長って結構ヤンチャだったんですか？」

「そ、不良よ、不良」

「うわあ、なんかカッコイイですねえ」

「そんなことないよ。ただ『コーヒー飲んでやり過ごしてきた』だけ」

「へーええ」と感心する麻衣にもう一度ニヤリと笑って春子が言った。

「なんかコーヒー飲みたくなってきた」

「あっ、そういえばスイートポテト……そろそろ焼けるかも」

千春がそう言って椅子から立ち上がると、純平もいそいそと席を立つ。

「並べるの手伝いましょうか」

二人でキッチンに行き、オーブンを開けるとスイートポテトの甘くて香ばしい香りが
二人の鼻先をくすぐった。

「あれ、ちょっと焦げちゃった」

千春の横から中を覗き込んで純平が言った。

「大丈夫ですよ、このくらい……。この焦げたところが美味しいんじゃないですか、スイートポテトは」

千春は思わず純平のほうを見た。千春もまったく同意見だった。

「だよね」と言った千春に、純平が子どものように顔を輝かせて言った。

「実は、僕の大好物なんです、スイートポテト」

「よかった！　私も実は大好きで……野菜チップスの次に」

「奇遇ですね」と言って笑う純平を見ているうちに、ふと千春の頭に、先日の結婚パーティーのあとで、妹の千夏に言われた言葉がよみがえった。

――お姉ちゃん、ああいう人を捕まえればいいんじゃない？

確かに、純平はイケメンな上に性格は温厚で優しく、よく気がつくし、芸術家っぽい繊細さももっている。普通に男として見れば上の中クラスには確実に入るはずだ。が、結婚相手としてはどうなのだろう……。

真里子が事あるごとに力説している「結婚につながる恋のために避けるべき三カ条」が頭をよぎる。

――いいですか、先輩。私たちには、もはや結婚に繋がらない恋に費やす時間は残ってないんです。そのために避けるべきなのは、一・結婚願望ゼロの男。二・奥さんや彼女がいる男。三・経済力のない男。そんな男との恋にハマったら結婚から三百光年遠のきますよ。

（結婚につながる恋か……）

千春は知らず知らずのうちに小さくため息をついていた。

●

翌日、仕事が終わった後、千春は春子の店、というより純平の職場である〈メゾン・フローラル〉を訪ねた。

「さりげなく、さりげなく」

何回も自分に言い聞かせ、店の入口をくぐると、ちょうどそこに純平がいた。

「いらっしゃいませ」と微笑む純平に「あの、春子さんは」と聞くと店長は外出中だという答えが返ってきた。

そこで、千春は用意してきた言葉を述べた。

「あの、母が今日手術だったんで、何かお見舞いの花を買おうと思ってきたんですけど」

「じゃあ、何か元気が出るような明るい花がいいですよね」

そう言って純平が花を選びはじめて二、三分した頃、ひとり客が入ってきた。

「いらっしゃいませ」と顔を上げた純平が「河野」と言って作業の手を止めた。

見ると、客はこの間、千春が画廊で見かけた河野瑞希だった。

「いらっしゃいませ」

バックヤードから出てきた麻衣が、千春と瑞希にペコリとお辞儀した。

「ええと……」純平が瑞希を二人に紹介した。「僕の大学の後輩、です」

「河野瑞希と言います、初めまして」

「あっ」と麻衣が口を押さえて、声をはずませた。「この間、個展行きました、私！」

「ほんとですか！　ありがとうございます」と瑞希。

「ウチの店長も行ったし、千春さんも確か……ね」

そう言って千春を見る麻衣にうなずくと、千春が瑞希に自己紹介した。

「あ、あの、田中千春と言います。その……とても素敵な絵でした」

「嬉しいです。ありがとうございます！」

千春に嬉しそうに会釈すると瑞希が「そうだ先輩」と純平に向き直って言った。

「この間の木曜日はどうしたんですか?」

「ごめん、ちょっと……仕事で忙しくて」

一瞬、口ごもった純平の横から麻衣が言った。

「ほら、あの日はパーティーの前日だったから……。ね、千春さん?」

「パーティー?」とけげんそうな顔をする瑞希に、千春があわてて説明した。

「あ、あの、実は先週、うちの妹が急に結婚パーティーをやることになって、それで、工藤さんに無理言っていろいろお願いして……素敵なブーケまで作ってもらっちゃったりして」

「でも純平さんってウェディングブーケ作るのは上手なのに、結婚願望ないんですよね」

「それ、昔からです」いたずらっぽい笑みを浮かべ、瑞希がいかにもな訳知り顔で言った。

「でも何で?」と聞く麻衣に純平が「いやあ」と戸惑ったような笑みを浮かべて答えた。

「願望がないっていうか……現実的に無理そうだなって」

「これも昔からです」と瑞希。

からかうように麻衣と笑い合う瑞希を見て純平が言った。

「ほら、もういいって……今日は何探しにきたの？」

「デッサンにいい切り花ないかなって。先輩、いいの選んでくれませんか？」

「ちょっと待ってて。先に千春さんのお見舞いの花束を」

そう言って再び花選びに戻ろうとする純平に、千春が瑞希さんのほうを先にと譲ると、麻衣が気を利かしたつもりなのだろう、「じゃあ、千春さんのお母さんの花束は私選びましょうか」と手を挙げた。

まさにありがた迷惑というやつだったが、千春は「うん」とうなずくしかなかった。


その夜、リビングでヨガをする千春に、仕事を終えて帰ってきた春子が聞いた。

「店にお花買いに来てくれたんだってね。お母さんの具合、どうだった？」

「おかげさまで、一週間で退院できるだろうって。あとは、通院しながら経過観察していくことになりました……。春子さんにくれぐれもよろしくって」

「いえいえ、私は何も」

「明日の夜、あのレストランに行きませんか？　こないだのお礼も兼ねて……」

「いいね。じゃ、工藤君も誘ってみようか。急だからあいてるかどうかわからないけど」

春子が口にした「工藤」という名に、いまさらながらに気づいたというように「そうですよね」と眉を上げて言った。

「お礼、というか、きちんとお詫びしないと……今回すごく迷惑かけちゃったみたいだし」

「お詫びっていうこともないと思うけど……」

「ねえ、春子さん、三十代ですべき恋ってどういう恋だと思います？」

「えっ？　なによ急に……」

「同僚が言ってたんです。結婚したいなら、結婚に繋がる恋をすべきだ。つながらない恋は避けるべきだって」

「ふぅん」

「私も、結婚につながる人に恋をしなきゃいけないんですよね……」

「そんなことないんじゃない？　三十代でも四十代でも、単純に好きになった人に恋すればいいんじゃないの？」

「だけどそれじゃあ、結婚につながるかどうか……」

「気にすることないと思うけど。その恋の行先なんて、後になってみないとわからないんだから」

それだけ言って「お風呂入るね」とドアの向こうにいく春子を見やりながら千春がひとり言のようにつぶやいた。

「いいなあ、結婚しないって割り切ってる人は……」

「いまなんか言った?」

春子はバスルームのほうに向かって声を張り上げた。

「いいえ。明日の食事会が楽しみだなあ……って」

●

表の通りで配達に出ていく純平のクルマを見送る春子のほうを見て、麻衣が「あれ?」という顔をした。思わず誰かいるのかと後ろを振り返ると、そこにスーツ姿の谷川が立っていた。

「いらっしゃいませ」と声をかけた春子に、「先日はどうも……」と礼を言いかけた谷川へ麻衣がかぶせるように言った。

「今日はどんなお花にします、教授?」

「え? いや、えーと……そうだな、じゃあコレを」

谷川はぐるりと店内を見回すと、そばにあったうすい青の花を指さした。

「アガパンサスですね。じゃ、包んできます」

麻衣が何本かのアガパンサスを選ぶのを見届け、伝票作業に戻った春子だったが、なにかうなじのあたりがゾワゾワとする。なんだろう。ふと顔を上げると、谷川がなにか言いたげに自分のほうを見ていた。

「……？　なにか？」

「あ、いえ」谷川は恥ずかしそうに一瞬目をそらしかけたが、思い直したように言った。

「先日のお礼を申し上げたくて。花を持っていったら、母が喜んでくれましてね」

「そうですか」

「あなたのおかげです。ありがとうございました」

「いえ」と微笑む春子に、笑い返す谷川。麻衣が思い出したように言った。

「教授が講義で言われてたこと、友だちに話したら元気が出たって喜んでました」

「あぁ。そうかい、よかった」

なんの話かと麻衣を見る春子に、麻衣が説明した。

「失恋を恐れず、若いうちに恋とはなにかを学んでおけば、結婚適齢期に不倫やダメンズにハマって失敗することもないって……。ね、教授？」

「よく覚えてるなあ。学生の鑑だ」と上機嫌で答える谷川に、春子が言った。

「合理的なんですね、現代社会学とやらで語る恋は」

「理論的に分析するのが学問ですから」と胸を張る谷川を、春子が「でも」と半分からかうような口調で聞いた。

「恋する感情って理論通りにいくもんでしょうか」

「いきませんかね」

「教授ご自身はいかがですか?」

「えっ? ぼ、僕ですか?」

「はい」と春子がにっこりと笑いかける。

春子の視線にうろたえる谷川に、麻衣が包装し終えたアガパンサスの花束を「八百円になります」と言って差し出すが、谷川はうわの空だ。

「あの、教授……?」

「あ、ああ……」

あわてて代金を払う谷川に「またいつでもいらしてくださいね」と春子が声をかけたが、そんなことを言わなくても谷川がまたやってくることは誰の目にも明らかだった。

そのレストランに、約束の時間の七時より五分ほど遅刻してきた千春は、案内されたテーブルに春子と自分の二人ぶんしかセッティングがされてないことに気づいて、明らかにガッカリした表情を浮かべた。

「工藤君、今日は、やっぱり来られないって」

「やっぱり急すぎましたかね」

「昼間、誘ったときには行くって言ってたんだけどね……画廊から電話入ってたから、絵のほうで何か進展あったのかもしれないね」

夕方、沢井アートギャラリーの沢井と名乗る男が店に電話をかけてきて、純平と話したいと言ったのだが、純平はあいにく出かけていた。後ほど電話するよう伝えますと言って春子は電話を切ったのだが、丁寧だがどこか冷たい感じのするその声だけが春子の耳に残っていた。

「そっか……じゃあ仕方ないですよね」

「なんか、すごくがっかりしてない？」

「そ、そんなことないですよ……」

あわてて顔の前で手を振ると、「ええと」などと言いながら、千春は目の前のメニューに視線を落とした。

春子たちが前菜の小エビとホタテのカクテルを終えようとしていた頃、ひと組の家族連れが入店してきて、奥のテーブルに案内された。

「へえ、素敵じゃない。ここがお父さんが作ったっていう庭……?」

ふいに背後から聞こえてきた若い女の話し声に、千春がフォークの手を止めて、春子のほうに身を乗り出した。

「お父さんが作ったって?」

「前の上司」と春子が声をひそめて短く答えた。

「へぇ。挨拶に行かなくていいんですか」

苦々しい顔で黙りこむ春子に、千春が「春子さん?」と声をかける。

「いい……。家族のお邪魔になると悪いから」

「そうですか」

隣のテーブルについたのは、樋口とその妻の詩織、そして一人娘。確か愛美という名前だったはず。

静かなレストランだけに、いやでも三人の会話が春子の耳に入ってくる。

「久しぶりだね。こうして三人でご飯食べるの」

華やいだ声をあげる娘に、樋口がいかにもお父さん然とした口調で返す。

「いつも仕事、仕事、だからな」

「そうだよ。本当、仕事中毒なんだから。ねぇ、ママ？」

「そうね」と応じる妻に、「悪いと思ってるよ」と樋口。

「パパ、今日は仕事の電話に出ちゃダメだよ」

「アハハ、わかってる、わかってる……」

絵に描いたような家族団らん……。

もう何年も前に別れたとは言え、さすがに気まずい。

とたんにナイフとフォークの動きが悪くなった春子の異変にも気づかず、千春は「ほんとに美味しいですね」などと話しかけるが、春子の耳には入っていない。

水を飲もうと、春子が視線を上げたとき、千春の肩越しに、こっちを見ている樋口の妻と目が合った。

思わず春子は椅子を引いていた。

「ごめん、帰らなきゃ……ちょっと、用事思い出した」

「え、でも、これからメインディッシュ……」

「ゆっくり食べて。私のおごり。本当、ごめんね」

早口でそれだけ言うと、春子は出口に向かった。

視界の隅で、ちらりと自分のほうに視線を走らせる樋口が見えた。


レジの前で財布を取り出す途中、春子はレストランの支配人に幾度となく頭を下げた。

「すみません、コースの途中で……」

「いえ、ぜひまたいらしてくださいませ」

「はい。本当、ごめんなさい」

キャッシュトレイのつり銭を引っつかむようにして、ドアに手をかけたとき、背中で
「桐島さん」と春子を呼び止める声がした。

振り返った春子に、穏やかな笑みをたたえた樋口の妻が会釈した。

「樋口の妻です。夫が大変お世話になりまして」

「すみません、お邪魔してはと思いましてご挨拶もせずに」

「いいんです。前から一度、お礼を申し上げたかったんですよ」

「いえ……」

「夫を支えていただいて感謝しております……公私ともに」

「………！」

ギクリとする春子に、樋口の妻があらためて笑みを浮かべた。

「失礼いたします……」

それだけ言うと、春子は足早に店を出ていった。

●

二本目のワインにまったく手をつけないまま春子が帰ってしまったので、残りぜんぶを千春ひとりで飲むはめになった。しかも、ヤケ酒気味の一人飲みだ。酔わないわけがない。

いつもの噴水公園。おぼつかない足取りでフラフラと歩いていた千春は、ベンチでひとり座っている純平の姿を見つけて、一瞬、その場に固まった。

が、なにしろ酔って気が大きくなっていた。気がついたらズカズカと側まで行って「コラッ！」と声を上げていた。

「あ、千春さん……」

面食らう純平に、千春が巻き舌で言った。

「こんなとこで何ポケーッとしてるんだ、純平！」

「じゅ、純平？」

「そうだよ、純平君！　ドタキャンなんて感じ悪いことしてさァ！」

「すみませんでした」

「いいけどさ。三十女がレストランで、たったひとりで食べる姿を想像してみてよ。痛々しいったらないんだから！」

「ひとりで？　店長は？」

「よく分からないけどメインの前に帰っちゃうし……」

そう言うと千春は思い出したように、手にぶら下げていた紙袋を純平のほうに差し出した。

「これ食べる？　持ち帰りしたの、春子さんの分」

「あ、いえ」手を振って、純平がふと千春の顔を覗きこんで言った。

「あの……今日、酔ってます？」

「酔ってますねェ、ハイハイ」

そう言って紙袋の中に手を突っ込み始めた千春を、純平が「いいえ、大丈夫ですから」

と手で制した。

「なんか、聞いたところによるとォー、絵のほうで進展があったらしいじゃない」

「え……？」

千春は一人でウンウンとうなずいて言った。

「よかったね。私には絵のことは分からないけど。ファンになるって言う約束は守りたいな」

「何のことですか……」

「え……、だって今日、画廊から電話があって……って」

「画廊に呼ばれたのは、作品を見た上で、画家としてダメだっていう烙印を押されたんです。進展も何もありません」


ちょうど千春と春子がレストランで待ち合わせをしていた時間、純平は、先日瑞希が個展を開いた例の画廊で、オーナーの沢井と向かい合っていた。

この画廊でスタッフとして働くというオファーなら、断りたいと言った純平に、沢井は首を横に振って言った。

「実は、工藤さんの作品、拝見しました。昔の練習作とのことでしたが、瑞希が持ってきましてね。彼女はあなたをスタッフとしてではなく、画家として育ててくれないかと僕に言ってきたんです」

純平にとってそれは初めて耳にすることだった。

「でも僕は、あくまでもスタッフにと判断しました……三年前のコンクールで瑞希に負けたときから、あなたは描けなくなったんですよね。賢明な判断だったと思いますよ。才能というのは等しく与えられるものではない。残念ながら」

純平には怒りすら湧いてこなかった。沢井が言っていることは全部本当のことだからだ。

「作品、お持ち帰りいただけますか」と聞いてきた沢井に、純平は「処分してもらってかまいません。捨ててください」と答えた。

「捨てるというのは、あんまりですから、瑞希に返し……」

「彼女の所にあっても邪魔になるだけですから。捨ててしまってください」

「……わかりました」

「失礼します」と帰りかけた純平に沢井が言った。

「人が六十代まで働くとして、三十代はちょうど半ばです……どう過ごすかで残りの人生が決まる……。別にうちのスタッフにならなくても僕はかまわない。ですが、瑞希の心配は早く解消してやって下さい」

つまり、沢井は純平が中途半端なままでいると、瑞希に迷惑がかかるので、絵の道はすっぱり諦めるよう最後通告を突きつけてきたのだ。

「つまり、僕は画家失格のレッテルを貼られたんです」

純平の言葉に、千春の顔から血の気が引いていった。

「なにそれ……誰が見たの？」

「誰って……」

「他の人に見てもらおうよ、その人だけじゃないでしょ」

「無理です」と力なく純平が首を横に振った。

「そりゃ私は絵のことはわからないけど、でも……」

「捨てたから」

「えっ」と絶句する千春に、純平は自分に言い聞かせるように言った。

「だから誰に見せるのも、無理です。それでいいんです……」

「そんなのダメだよ。そんなのダメ！　絶対ダメ！　どこに捨てたの、どこ？」

ベンチの下や植え込みの中、ゴミ箱の中までのぞき込もうとする千春に純平が言った。

「そんなところにないですよ！」

「じゃあどこにあるの⁉」

「どこって……」

「だから、どこ」

千春の勢いに押される形で純平が「沢井さんの事務所に」と答えるや否や、千春は駈けだしていた。

●

沢井の画廊にはまだ電気が灯っている部屋があった。

その部屋のドアを手のひらでドンドンと叩きながら、「開けてください！」と叫ぶ千春を、純平が引き止める。

「もういいですから。そんな酔って、警察来ちゃうって！」

「来るなら来ーい！　開けてー！　絵を返せー！」

ドアを叩き続ける千春の手を取って純平が言った。

「ありがとう。その気持ちだけで嬉しいから」

「気持ちだけじゃダメなんだってば！」

互いに手をつないだまま、二人の目が合ったそのとき、ガチャガチャとロックを外す音がしてドアが開いた。

「いったい、何ですか、警察呼ぶ……工藤さん？」

目をパチクリさせる沢井に、「すみません」と頭を下げる純平を押しのけるようにして千春が言った。

「あの、絵を、純平君の絵を捨てないでいただきたくて」

沢井がやれやれというように、フーッと大きなため息をついて言った。

「捨てるわけありませんよ。絵を売る僕が、絵をそう簡単に処分できるとお思いですか」

その言葉に小さく笑みを浮かべた純平を見て、千春はここに来てよかったと思った。

絵の入った紙袋を小脇に抱えた純平が、その横をトボトボと歩く千春に向かって頭を下げた。

「有難うございました」

「いえいえ」

さっきまでの勢いはどこへやら、まるで別人のように元気がない千春に純平が心配そうに聞いた。

「あの……どうかしました？」

「なんか、その……」言いにくそうに千春が答えた。「酔いが冷めて」

「え、気持ち悪いんですか？」

「いや、ただの酔っ払いだったなって。恥ずかしくて……」

純平が笑ってうなずいた。

「ホントですよ」

「すみません……」

消え入りそうな声で謝る千春に、純平が言った。

「でもそのおかげで、この絵と別れずにすみました……。だから。顔を上げてくださいよ」

「……いや」

「どうしたんですか」

「あの……お化粧落ちちゃってると思うのね」

「え？」

「飲んで、走って……たぶん見せられない顔に」

「一緒に走って、ドア叩いて。三十過ぎたいい大人が……でも楽しかったです。有難いだけじゃなくて」

「そりゃどうも」

うつむいたまま礼を言った千春に、純平が空を見上げた。

「もし、もしもだけど。また描くことがあったら、きっと真っ先に、千春さんに見てもらいたいと思います」

思わず顔を上げてすぐにまた顔をそむける千春を見て純平がクスッと笑った。

「え、やっぱり変な顔なんだ⁉」と焦る千春。

「あ、違いますよ、そうじゃなくって」と否定しつつそれでもクスクスと笑いながら、純平が言った。

「家まで送りますよ」

「……ありがとう。純平君は？」

「うーん、明日、三時起きで市場に仕入れに行かなきゃならないから、今日はもう店に泊まっちゃおうかな」

千春は、純平を拝むように、顔の前で手を合わせた。

「ほんっと、ごめん！　こんな遅くまで振り回して！」

「だから顔上げて下さいって」

夜更けの道を歩く純平と千春を照らす月が、二人の前に長い影を作った。

●

翌朝、千春はいつもより一時間早起きしてスイートポテトを焼いた。

市場帰りの純平に、好物を届けようと考えたのだ。

タイマーがチンと鳴ったとき、ちょうど春子がキッチンに顔をのぞかせて言った。

「おはよう。どうしたの、こんなに早起きして？」

「今日は出勤前に母の見舞いに行くことになってて」

「そうなんだ……。それでスイートポテト？」

「え、はい」

「でもお母さん、まだ召し上がれないんじゃ……」

千春は観念したように、春子のほうに向き直ると、洗いざらい、というほどのことでもないが、昨夜のできごとから事情を説明した。春子は、昨日のレストランでの一件もあったからか、あっさりと千春の頼みを聞いてくれた。

　春子に病院までバイクで送ってもらった後、そのまま十分間待っていてもらうという約束で、千春は母親の病室を訪れた。

　ベッドに半身を起こして雑誌を眺めていた紀子が、「おやっ」という顔で千春を見た。

「おはよう。ほんとに起きられたのね、珍しい」

「まあね」などと言いながら、ベッド脇の丸椅子に腰を下ろすと千春が切り出した。

「ねえお母さん、お母さんが三十代の頃って何してた？」

「ええ？　なによ、急に」

「うん、なんとなく」

「そうねえ、三十になった頃って言ったら千夏がちょうど幼稚園に入る頃で、千春はもう小学生だったから……」

「じゃあ、いまの私の年には中学生の私がいたんだ……」

「どうしたの？」

「何か、あまりに人生の時間の進み方が違う気がして」

「そりゃあ、いまと昔は違うもの」

「そうだけど……なんか焦るなあ」

「そうねぇ。でも、少し羨ましいわ。私たちの頃は、自分のことで迷ったりする時間はなかったもの……。いまの女の人は、選択肢がいろいろあるわね」

「………」

「だからこそ迷うし、大変だと思うわ。でも、三十代だからこれをしなきゃいけない、四十代はこれ、五十代は、なんて、本当はいまも昔も決まってないのよ」

「お母さん……」

「お母さんも」紀子は小さく笑って言った。「病気して少し考え方が変わったかもしれないな……焦ることないわ。お母さんも、いまの三十代だったら、まだ結婚も出産もしてなかったかもしれないもの」

確かに、母の言うとおりなのかもしれない。みんながそうしているからと言って、なにも自分までもがそうしなければならない理由なんてない。

千春は心が少し軽くなったような気がした。

「ありがとう」

千春は布団の上に置かれた母の手に、そっと手を重ねると、また来ると言って病室を後にした。

玄関を出たところに春子の赤いバイクが横付けされていた。

「お待たせしました」

後ろのシートにまたがると同時にヘルメットをかぶり、運転席の春子の肩を二度叩く。それがいつの間にか二人の合図になっていた。

通勤ラッシュ前だったこともあり、次の目的地の〈メゾン・フローラル〉までは十五分で到着した。

バイクから降り「ありがとうございました」と礼を言う千春に、春子は先に店に入っているよう告げるとそのままエンジンを吹かしてどこかへ行ってしまった。

たぶん気を利かせてくれたのだ。

足早に店の中に入っていくと、店内には今朝純平が仕入れてきたらしい、アガパンサスの花がバケツの中でひしめいていた。

「純平くん?」と声をかけ、バックヤードに入って行くと、作業台に突っ伏して眠っている純平の姿が目に飛び込んできた。

かすかに寝息を立てている純平の手の先には、『アガパンサス　花言葉〜恋の訪れ〜』と書かれた一枚のカード。

そのカードの言葉にドキドキしながら、バッグからスイートポテトの包みを出そうとしたとき、机の上に昨夜の紙袋が置かれていることに気付いた。

なにか言い知れぬ不安を感じながら手を伸ばし、そろそろと中の絵を取り出した千春は、思わず息を呑んだ。

額装されたキャンバスに描かれていたのは、まぎれもなくあの瑞希だったからだ。

大胆に肌を露出したドレスに身を包み、艶然と微笑む瑞希を見て、千春は彼女と純平の間に横たわる、濃密ななにかを垣間見たような気がした。

三十五歳にもなって、初めて恋した中学生みたいに、いそいそと朝早く起きてお菓子なんか作った自分がとてつもなく浅はかで、愚かで、情けない存在に思えてきて、千春は一刻も早くここから立ち去りたくなった。

震える手で絵を封筒に戻し、元にあった場所に置くと、千春は逃げるようにして店を飛び出していった。

第七章

〈メゾン・フローラル〉を出てから、会社に着くまでのことを千春はよく覚えていなかった。店を出たところで、向こうから走ってきた自転車とぶつかりそうになり、その拍子に手に持っていたスイートポテトの包みを地面に落としたこと。ひしゃげた包みをそのまま、近くにあったゴミ箱に包みごと捨ててしまったこと。あとは、まるで競歩の選手にでもなったように、むやみやたらと大股で歩いてきたことだけを覚えている。

開店まであと十五分というときだった。

『冬休みに行く常夏リゾート』のパンフレットの束を、ドサッと床の上に置いた真里子が大きくため息をついて言った。

「千春さん、私、もう婚活に疲れました……玉の輿狙ったって、いい男なんて全然いないし、合コンするのも、もう虚しくて」

「ウンウン。わかる気がする」千春は思わず何度もうなずいていた。「なんかもう、この年になって、片思いとか、失恋とかしたくないし……」

「なんかあったんですか？」

あったもあったり。大ありだ……。が、千春はあわてて首を横に振った。

「ううん、ごめんごめん！　それでそれで？」

「だから。私、もう結婚はいいから子供が欲しいなって……。だって、考えてみてください。恋愛も結婚も、しようと思えばいつでもできると思うんですよ」

「うーん……って言ってもできてないけど」と返事してから、千春はあわてて言葉を付け足した。「いや、私のこと、私のことだよ？」

「たとえばですよ。五十歳で運命の出会いがあったとしても、結婚はできる。でも、出産は五十歳でできるのかなぁって思いません？」

「うーん……」

「てことは、私たち、本当は結婚より出産のほうが時限爆弾かかってるんじゃないですか？」

「時限爆弾って、失礼な……。ま、いまの医学は進歩してるし、そこまで焦らなくても大丈夫じゃない？　そもそも、相手がいないことには」

「そりゃ、世の中には五十代で産んでる人もゼロじゃないです。でも私、自分がそうなれる自信はないな。千春さんは、卵子に自信ありますか？」

「卵子に自信……考えたことない……」

「私、いまのうちから卵子、冷凍保存しようかなって思ってるんです」

「エッ！」思わぬ話の展開に、千春はギョッとなったが、真里子は大真面目だ。

「できるらしいんです。今の卵子を保存しておけば、たとえ高齢出産になったとしても二十代の卵子で育てることができる。そう考えると気がラクになるかも」

「へぇ。そこまでする……？」

「冷凍保存代、平均百万くらいかかるらしいんですけど」

「ヒャクマン⁉」

「そこまでしても、けっきょく最後まで運命の人に出会わなかったら、どうなっちゃうんでしょう、私！」

「ウーン」とうなる千春に合わせるように、制服のポケットの中で、メールの着信を知らせる携帯がうなりだした。

「ちょっとごめん……」

見ると、先日近所の弁当屋で思わぬ再会を果たした由香里からだった。

それから三時間後の昼休み、千春は由香里とこのあいだの公園で会った。

「子供って……蓮くんを預かるってこと？」

思わず聞き返した千春に、由香里は恐ろしいほど真剣な表情でうなずいた。

「一晩でいいの。預かってもらえないかな……。夫の会社がね、ついに倒産しちゃったの。それであの家を売って、親戚の家にお世話になるしかなくて、福岡までそのことでお願いに行くんだけど、込み入った事情を五歳の子供には聞かせたくなくて……」

会ったときから、由香里の深刻そうな表情で大体の予想はついていたが、倒産して家が人手に渡るとなると千春もおいそれとは断れない。

「うちの事情を知ってるの、千春だけだから。他に頼めそうな人いなくて。ごめん……」

「ううん。わかった、何とかする……」

そう答えてから、本当に大丈夫かなと思ったが、どうにかなるだろうと千春は自分で自分に言い聞かせた。

「あの子も千春となら大丈夫だと思うの。何度か会ったことあるし、千春、子供好きだし」

「うん。頑張る！」

千春のそのひと言で、ようやく由香里の顔に笑みが浮かんだ。

「ありがとう。一日ママ、よろしくお願いします」

その日の夜、帰ってきた春子に由香里の話をすると、春子は思っていた以上にあっさりと子供をあずかることに同意した。うちは妊婦や子供の駆け込み寺ではないと怒られると思い、最初は自分の実家で面倒を見ることも考えたのだが、母親は入院中だし、妹の千夏は妊娠中でいまが大事なときだから無理なことはさせられない。けっきょく、春子しか頼れる人がいなかったので、断られたらどうしようかと、千春は内心ビクビクしていたのだ。

「なるほどね、千春が一日ママってわけか……」

そう言ってニンマリと笑う春子だったが、千春が作っておいた好物の野菜リゾットを半分以上残している。

「今日のリゾット、美味しくないですか?」

不安げに聞いた千春に、春子が首をかしげて答えた。

「なんだか、あんまり食欲なくて」

「風邪ですかね」

「かもね」とうなずいてから、春子がふと思い出したように言った。

「それより今朝どうしたの、スイートポテト。せっかく工藤くんに渡すって持ってったのに……。工藤くん、千春が来たことも知らなかったよ?」

千春は、春子の言葉をさえぎるように顔の前で手をバタバタさせて言った。

「あれはいいんです！　床に落として、あげるわけにいかなくなったんですよ。いいの、いいの！」

「そうだったの？　それは、残念だったね。じゃあまたいつでも店においでよ」

「いいんです。とにかく、蓮くんのことよろしくお願いします」

それだけ言ってしまうと千春は「そうだ、お茶いれましょうね」とそそくさと席を立ち、キッチンに向かった。


その頃、純平は瑞希と花屋の近くの喫茶店にいた。

「沢井さんから聞きました。あの絵のこと……」

言葉少なにそう告げた瑞希に、純平が頭を下げた。

「ごめん、期待に応えられなくて」

「でも私、先輩の才能、信じています。私が先走って余計なことをしてしまったのがいけなかったんです」

「…………」

押し黙る純平に瑞希が言った。

「私、もう一度、パリに行くんです」

「そうなんだ……？」

「向こうのプロデューサーに呼ばれて。活動の拠点を広げることになったんです、そこに行けば、先輩の絵を正しく評価してくれる人が必ずいます。日本にいるなんてもったいないです」

瑞希は自分のことを買いかぶりすぎている。そう思う一方で、ほんのわずかであってもまだ自分の可能性に懸けたいという思いもなかったと言えば嘘になる。

揺れ動く純平の目をのぞき込むようにして瑞希が言った。

「先輩、私と一緒に行きませんか？」

●

由香里が、千春の許へ息子を連れてきたのは翌日の昼過ぎだった。

これから九州まで気が重くなるような話をしにいくというのに、由香里の表情はどこかサバサバとしていて、千春はそこに由香里の母親としてのたくましさのようなものを感じた。

「久しぶり、蓮君。一緒にいっぱい遊ぼうね」と声をかけた千春に、蓮は身体をモジモジさせるばかりでどうも反応がよくない。

「ちょっと、寂しくなってるみたいで。機嫌悪いの」

そう言うと由香里が腰をかがめて蓮の耳元で「蓮、千春だよ、知ってるでしょ？　この間、おうちに遊びに来てくれたじゃない」

「ねぇ、蓮君が来てくれるの楽しみで、お姉ちゃんオモチャとか用意したんだよ。オヤツもあるよ！」

「…………」

だが、蓮は「オモチャ」にも「オヤツ」という言葉にも反応しない。

「なんかゴメン。明日の夕方には戻ってこれるから」

「うん。いろいろ、頑張って」

「ありがとう。じゃあね、蓮。千春の言うこと、よく聞くのよ。明日の夕方、お迎えに来るからね」

それでもムスッとしたまま口をきこうとしない息子を見て、「蓮……」と由香里がちょっと怖い顔をすると、ようやく蓮はコクリとうなずいた。

由香里を見送った後、千春はまずオヤツで、次にジュースで、そして最後はオモチャで蓮の気を引こうとしたが、モノで釣る作戦は失敗に終わった。

こうなったらやはり身体を使うしかない。昼間にしっかり遊ばせておかないと、夜の寝付きが悪いという話も聞いていたので、千春は蓮を例の噴水公園に連れて行くことにした。

適当に遊んでいるのを、そばで見張っていればいいのだろう……ぐらいに千春は考えていた。しかしそれが大間違いだった。

子供は疲れというものを知らない。蓮は、千春を悪の手先という敵役にして、「なんとかレンジャー」ごっこを飽くことなく繰り返し、気がつくと、千春はほとんど真っ直ぐに立っていられないほど疲労困憊し、ついには春子に電話をかけて、仕事が終わったら手伝いにきてくださいと応援を要請しなければならないほどだった。

●

もう死にそうですと泣きを入れてきた千春からの電話を切り、携帯をバッグにしまおうとした春子がふとその手を止めて外を見た。

麻衣の大学の教授の谷川が、店の入口のガラスドアに向かって、身繕いしている。とっさに視線を外し、手元の伝票に目を落として数秒後、谷川がいかにも通りがかりという体で店に入ってきた。

「いらっしゃいませ」

「どうも……。今日は、研究室におけるものをと思いましてね」

「研究室に？」

「ええ。研究室にも、花を何か、と」

「そうですか、それは素敵な思いつきですね。それでしたら、観葉植物はいかがですか。モンステラや、パキラ、育てやすいものはたくさんありますよ」

谷川は口元に手を当てひとつ咳払いして言った。

「鉢植えではなく、切り花がいいんだ」

「切り花ですと、どうしても寿命が……」

親切心で言った春子に、谷川がいやいやと手を振った。

「寿命が短いほうが、頻繁にここに来られますし」

「は？」

「ま、器用じゃないということでしょうか」

「はぁ……？」

「一つのことにしかエネルギーを注げないといいますか……。育てることに関しては、僕は学生たちを育てることで精いっぱい。他に目をかける余裕は少しもない」

春子が同感だというようにうなずいて言った。

「そうですか」

「そのせいか、結婚生活も育むことができませんでしたし」

「……？」

谷川は一瞬、視線を宙に泳がせると、ひとつ咳払いをして言った。

「実は、私、バツイチでして」

「あ、そうなんですか」と相槌を打つ春子のほうを見て谷川が言った。

「バツイチ男っていうのは……論外ですかね？」

「それってどういう……」

春子がなにか言いかけたとき、別の客が入ってきた。

「いらっしゃいませ！」

春子のその声で、奥から出てきた麻衣が谷川に気づいて「教授」と手を振る。

谷川は一瞬、チッという顔をしたがすぐに平静を装って「やあ」と小さく手を挙げた。

「今日は、どんなお花を？」と訊ねる麻衣に、春子が「研究室に飾る切り花だって」と答えて別の客のほうに向かうのを、谷川が残念そうに見送る。

「切り花？　どんなものがよろしいですか？」

谷川はガックリと肩を落とすと、そばにあった花をぞんざいに指先で示した。

「そのピンクのバラみたいなやつでいいよ」

谷川が指さしたのは、ピンクのカーネーションだった。

●

噴水公園から部屋に帰ってきてからも、千春と蓮との戦いは延々と続いていた。

「ねえ、今度はお相撲しよう」と蓮が千春に向かってこようとしたとき、玄関のチャイムが鳴った。千春にとってそれは、試合終了を告げる救いのゴングだった。

「ああ、帰ってきた！」

そう言うと千春は、恐ろしい顔で蓮をにらむふりをした。

「ここの大家さん。散らかすと怖いよ、鬼みたいに！」

「鬼なら俺が倒す！」

叫ぶや否や「シャキーン！　トォー！」などと奇声を発しながら玄関へ走っていく蓮を追って玄関へ行き、ドアを開けると、そこに立っていたのは春子ではなく純平だった。

「純平君……！」

「すみません。春子さんから言われて。僕が何かお手伝いできれば」

「あ……そうなんだ。ありがとう」

いきなり現れた見知らぬ男を見て、その場でピタリと固まっている蓮に、純平が「こんにちは。蓮くんだよね」と微笑みかけると、背中に隠していた電車のオモチャの箱をサッと蓮の前に差し出した。

「ジャーン。プレゼント！」

「すみません」と頭を下げる千春に、純平が「僕の方こそすみません、この間せっかく店に来てくれたのに僕、爆睡しちゃってて」

「あー、あれ？　いいのいいの、忘れて！」

「いや、でも……」

一瞬流れた気まずい空気を「お兄ちゃん、遊ぼうよ」という蓮の声が吹き飛ばした。

男の純平が来たことで蓮の暴れぶりに拍車がかかるかと思っていたら、まったく逆だった。リビングのテーブルで、画用紙をはさんで仲良くお絵かきをしている二人の様子を眺めながら千春は料理に専念していた。自分が幸せな家庭の主婦になったようで千春はなんだか面映いような気分だ。

――お兄さん、じゃあ、こんどは北斗星、描いて！

――いいよ。

――スゲェー！

――蓮くんが色を塗ってごらんよ。

私鉄とJRの列車、合わせて六台の絵が完成したところで、千春の料理がぜんぶ出来上がった。

メニューは、ハンバーグにオムレツ、クリームコロッケ……どれも子供が好きそうなものでそろえた。

三人がそろって席についたところで「さあ、いただきましょ」と胸の前で手を合わせた千春に、純平が申し訳なさそうに言った。

「すみません、僕まで」

「ううん。来てくれて本当に助かりました、電車の種類とか、やっぱり男同士、気があうね」

「甥っ子がいるから、慣れてるんです」

「あ、そうなんだ」

「そうなんです」

「へえ……」

などと、うなずき合っている千春と純平に蓮が「ねぇ」と声をかけた。

「二人って、つき合ってるの？」

「ブホッ……」

「ゴホゴホ……」

千春と純平が同時にむせた。

「な、なに言ってんの。違うよ、いいから食べなよ」

千春にうながされて蓮は「はーい」と返事をするが、なかなか箸が進まない。

「あれ？　あんまり好きじゃなかった？」

「ううん」と横に首を振る蓮の顔を覗き込んで、千春が「お母さんの味と違うかな」と聞くと、蓮は千春のほうに顔を近づけて耳打ちした。

——あのね、お鼻に石が入っちゃったの。

「え！　鼻に石が入ってる……⁉」

「うん」

「いつから？　なんで？」

「さっき、公園で」

「え、そんなことしてたっけ？」

「千春が電話してるとき……」

「えっ、どうしよどうしよ」と焦りまくる千春に、「鼻かんだら出るんじゃないですか？」と純平。

だが、結局なにをやっても無駄な抵抗に終わり、千春と純平は食事をそのままにして蓮を近所の救急病院に連れていくことにした。

ピンセットでつまんだ小石を見せながら、蓮を診てくれた初老の医師が蓮の顔を覗き込み「もう鼻に何か入れちゃダメだよ」と言うと、後ろで様子を見守っていた千春と純平のほうに向き直った。

「お母さんとお父さんも、気をつけてくださいね」

「あ、いや、僕たちは……」

「では、お母さん、お父さん、こちらに」と二人を出口のほうへ案内する看護師に今度は千春が顔の前で手を振った。

「あ、だから私たちは……」

否定しながらも、どこかで嬉しがっている自分がいることに気づいて千春は少し戸惑った。

そんな千春の心の中を知ってか知らずか、病院の廊下を歩きながら、千春と純平を見上げて蓮がからかうように「お母さんとお父さん、だって」と言って笑った。

●

「蓮くん、はじめまして……」

ささやくようなその声で目を覚ました千春の目の前に、春子の顔があった。

千春の布団でスヤスヤと眠る蓮の寝顔を眺めているうちに、いつの間にか眠り込んでいたらしい。

「お疲れさま」と微笑みかける春子に、一瞬、千春はまるで自分が子供になったような錯覚におちいった。

「悪かったね、お手伝いできなくて……」

「ぜんぜん……」

ゆっくりと首を横に振った千春に向かって、春子が「一杯やろうか」と言うように、手首をクイッと曲げてみせた。


リビングのテーブルで千春のグラスにビールを注ぎながら春子が言った。

「で、蓮くんのママはなんだって……？」

「よくあることだから気にしないでって……。それより春子さんにくれぐれもよろしくって言ってました」

「私はなんにもしてないから」

「そんなことより、急に純平くんが来るんだもん、驚きましたよ」

「ごめん、ごめん。私の仕事が延びちゃってさ」

「ま、純平君で正解でしたけど。子供慣れしてて」

「慣れてなくてすみませんね」と首をすくめる春子に、千春がひとつため息をついて言った。

「でも、出産は早い方がいいって言われるたびに、大きなお世話だって思ってたけど、本当かもしれないですね。出産より子育てできる体力が足りないもん」

「そうなんだ」

「私には無理です。もう子供は諦めようかなァ」

「よほど大変だったんだね」

「もう、死ぬかと思いました」と答えてから、千春が思い出したように聞いた。

「そういえば、体調どうですか？」

「まぁ、低め安定」

「低め安定？」

「風邪ひきやすいのも疲れがたまるのも、寄る年波ってヤツ……ま、いよいよ私は、体的に出産が難しいお年頃になってきたってわけ」

「……春子さんは、子供を産みたいと思ったことないんですか」

「どうかなァ」春子はしばらく考えてから、ボソリとつぶやくように「どうだろうね」と言った。

　その少し寂しげな春子の横顔を見て千春は、先日母を見舞ったときに母が口にした言葉を思い出していた。

　自分や妹を育てているときに、途中でもう嫌だと思ったことはないのかと訊ねた千春に、母の紀子は首を振ってこう答えた。

――千春と千夏の成長が、自分が生きている証だったから……。次の世代へつなぐもの、なんていったら大げさだけど、二人はお母さんが死んでも生きていくでしょう？　二人に注いだ愛情は、お母さんが死んでも消えない。それが、私が次の世につなぐものなのかなって気がするの。

次の世に残せるものが自分にはあるのだろうか……。

ふとそんな思いが頭をよぎり、千春は手にしたビールグラスの縁に目を落とした。

翌日の夕方、蓮は迎えに来た母親の由香里と一緒に帰っていった。

少しはドラマチックな別れになるかと思ったが、蓮は、迎えにきた母親に飛びつきその首根っこにしがみつくと、まるで通りすがりの人にするように「じゃあね」と手を振っただけで帰っていった。

ドアが閉まると、あたりが急に静かになった。

残ったのは、由香里がくれた九州のお土産と、千春が蓮のためにと買っておいたオモチャだけだった。

その日、帰ってきた春子に、千春が思いつめたような目をして訴えた。

「春子さん、子供欲しいです、私」

「そう」

「でも、産むチャンスがないまま人生を終えそうです……」

「ま、それもまた人生よ」

やけにサバサバした口調の春子に、千春が口をとがらせる。

「そんな気楽なこと言って！　本気なんですよ、私は！」

「私は、出産そのものをしなくても、女はみんな母親に、男は父親になれると思ってるけど」

「え？」

「私にだって、子供いるよ」

「ええっ⁉」

「私にとっては自分が作った庭が子供。そこに集まってくれる人たちも、子供みたいに愛おしい存在だと思ってる」

「私にはないです、そういうの」千春がため息をついて言った。「絵とか、庭とか、何かを創れる人はそう言えるんだろうけど……」

「そんなことないよ。昨日と今日、千春が蓮くんにかけた愛情は、彼の栄養になって未来を明るく作ると思うよ」

「……なんか綺麗ごとっぽい」

ボソリとつぶやいた千春を、春子が「あっ、ほら」と指さして言った。

「かのマザー・テレサだって、実際の子供はいないのに、全世界のマザーと言われてるじゃないか！」

「なんか、話がデカすぎません……？」

「でっかくいこうよ、でっかくさぁ！」

春子がそう言ってガッツポーズする真似をしたとき、千春の携帯電話が鳴りだした。

——千春、今日は本当にありがとう。

「ううん。ぜんぜん」

——蓮が、千春の声を聞いてから寝たいっていうから。

嬉しくて思わず顔がニヤけそうになるのをこらえ、千春は平静を装った。

「あ、そうなの？」

いま、代わるねという由香里の声に続いて、蓮の元気な声が聞こえてきた。

——千春？

「蓮君！」

――また戦いごっこして遊ぼうぜ！

「うん。やろやろ。また、いつでもおいで」

●

店の表に並んだワゴンのカーネーションに『花言葉～母性愛～』と書いたカードを挿していた純平は、近づいてきた靴音がすぐそばで止まったのに気付いた。

「カーネーションかぁ」

純平が声のしたほうを見た。

「あ、河野」

「カーネーションの花言葉って」瑞希が意味ありげな微笑を浮かべて言った。

「たしか、純愛とか熱愛とか、好きな人を慕うっていう意味もあるんですよね？」

「うん」とうなずいた純平に、瑞希が「先輩、これ」と言ってポケットから取り出した白い封筒を手渡した。

「なに……？」

封筒を開けると、中にエアチケットが入っていた。

「パリ行きの航空券です」

ハッとなって瑞希を見た純平に、思いつめたような口調で瑞希が言った。

「やっぱり、このままじゃいけないと思うんです」

チケットに落とした純平の目に「FROM TOKYO　TO PARIS」という文字が浮き上がって見えた。

「…………」

「私、本気です。一緒に行ってください」

第八章

「行きたいなあ。紅葉狩り。お客さんに勧めるだけじゃなくて、たまにはリフレッシュしたいよねえ」

パンフレットの山を前につぶやいた千春の言葉に、真里子が深々とため息をついた。

「人生にも秋、そして冬が来るんですよね」

思わず千春は真里子の顔を見た。女心と秋の空じゃないが、ついさっきまで、本社から超有望株の若い男が転勤してくるというニュースを聞きつけてきて、千春に「狙わないでくださいよ」などと言って盛り上がっていたのに。

「どうした？　急に暗くなっちゃって」

「昨日、ドアに足ぶつけたんです」

「もしかして小指？」千春が顔をしかめる。「それは痛いわ」

「そうなんです。そのとき、うずくまりながら思ったんです。ああ、誰も『大丈夫？』って声かけてくれない。一人ってことはこうなんだ、ぶつけても一人なんだって」

「そっか……」

「だとすると、この先、孤独死もありえるって」

それはいくらなんでも大げさだと笑う千春を、ニコリともせず見て真里子が言った。

「年を取れば、大げさな話じゃないですよ。足じゃなくて頭だったら？　打ち所が悪かったら？　ひとりで生きていくってそういうことですよ？」

「ひとり……」

「私、イヤです！」真里子は、千春が持っていた紅葉狩りのパンフレットを取り上げるとグイッとその顔を千春のほうに近づけて言った。

「このまま結婚できなくて、おひとり様で老後まで生きていくなんて！」

こ、恐い……。その迫力に思わず千春が後ずさりしそうになったとき、店の入り口のドアが開いた。客だ。

「いらっしゃいませ！」

真里子から逃げるようにしてカウンターにつき、客の顔を見た千春の目が丸くなった。

「瑞希さん……！」

瑞希も同じくらい驚いた様子で、目をパチパチさせて千春を見ている。

「ここで働いていらしたんですか」

ええ、もうもう五年なんですよ、などと答えてから、千春はあらためて営業スマイルを浮かべた。

「で、どちらまでのご旅行ですか？」

「あ、パリに。この間、こちらで飛行機の予約は済ませたんですけど。ホテルの手配がまだだったので……」

「そうだったんですね。ええと、お名前は確か、河野さんでしたよね」

そう言いながら千春の指先は端末機のキーボードを叩いている。

「あ、十二月のパリ行き、二枚ですね？」

「そうです」

「ホテルのご希望などはございますか？」

「ええ」瑞希はうなずいてバッグからパンフレットを出して広げると、あるページを千春に見せた。「いくつか候補はあって、丸をつけてあるところがそうです」

「ありがとうございます。ちょっと調べてみますね。ご宿泊も二名様でよろしいですか？」

「はい」

ホテル名を入力し終え、端末のモニターを見ている千春に瑞希が少し言いにくそうに切り出した。

「実は、工藤先輩なんです。一緒に行くの……」

聞いてなかった……とは言っても、自分は純平の彼女でもなんでもないのだから、純平が千春に話す義理などない。

思わず「えっ」と聞き返した千春に、瑞希は恐ろしく真剣な表情で言った。

「なんとか向こうでチャンスをつかんで摑んで欲しくて。やっぱり先輩は、絵で生きていく人だと思うから」

「そうですか……」

「でも、まだ行くっていう返事はもらえてないんです。でも、先輩を信じて、予約を……」

「心強いですね。そんな風に支えてくれる人がいて」

「救いたいんです、先輩のこと」


仕事帰りに買った『おひとり様で生きる技術』という本を読みながらヨガにいそしんでいた千春に、春子が「ただいま」と声をかけた。

本に夢中になっていたらしい。あわてて本を隠そうとしたが、もう遅かった。

「なにこれ、おひとり様で生きる技術……？」

「いやまあ……もしかしたら、という、ね」

「結婚するのやめるの？」

「やめるわけじゃないですけど……結婚したいって気持ちだけでできるわけじゃないですし……。まあ、少し現実的にこれからのこと考えなくっちゃなって」

「ふうん」

「そういう春子さんはどうなんです？　準備万端なんですか？」

「万端ってほどじゃないけど」

「本には、おひとり様の老後に向けた必需品は、住む場所、保険、貯金、生きがいの四つだって書いてあるんですけど」

春子は、住む場所はこのマンションがあるし、親の介護が必要になったらここを貸して、年金と家賃で暮らしていくつもりで、保険も独身なので病気保障を中心に、死亡保障も葬式代が出るくらいはかけてある。貯金もそこそこはあるし、老後の生きがいは土いじりがライフワークになるだろうと、まるで模範解答のような答えを返してきた。

「準備万端じゃないですか！」

感嘆する千春に、春子は芝居じみた口調で「ひとりで生き抜く覚悟があれば、老いてゆくのもまた楽し……だよ」と言うと、自分の部屋へ入っていった。

ひとりで生き抜く覚悟……。

気がつくと、春子は心の中でその言葉を呪文のように何度もつぶやいていた。

●

千春の老後発言に触発されたというわけでもないが、それから二日後、春子は鎌倉の実家に帰った。

「ただいま」と居間のドアを開けると、母の陽子が両手を前に投げ出すようにしてテーブルに突っ伏している姿が目に飛び込んできた。

「お母さん……!?」

思わず駆け寄ろうとしたとき、陽子がむっくりと頭をもたげて春子を見た。

「あ……おかえり」

「びっくりした」

「やあね、ポックリいったとでも思った?」

「やめてよ、縁起でもないこと言わないで」

「縁起でもないこと想像したのはそっちでしょ。今日はお祖母ちゃんがショートステイだからちょっと気が抜けただけ」

「ああ言えばこう言う……当分心配なさそうだね」

「ま、いまお迎えに来られても困るしね。お茶いれようか」

そう言ってヨッコラショという感じで椅子から立とうとする母を「いいよ。私がいれる」と制してお茶の用意をしながら春子が言った。

「私、帰ってこようか？　なにかと便利でしょ。娘がそばにいれば」

「ありがたいお言葉だけど、お断り」

「どうして」

「お祖母ちゃんに加えて、春子の世話までしなくちゃならないなんて、まっぴらごめんだわ」

「もう、お母さん」

「私はね、お祖母ちゃんをこの家で見送ってあげたい。それが私の人生の生きがい。それを終えたら、気ままにひとりで暮らさせていただきます」

「ひとりでって、そんなの危険……」

「あら、お母さんの老後の夢を奪うつもり？　人生の秋を誰にも邪魔されずに優雅に楽しみたいのよ」

春子は、昔と変わらぬ母の負けず嫌いぶりに思わずプッと噴き出した。

「まったく頑固なんだから」

「あら、似た者母娘ってよく言われるわよ？　実はね、もうお世話になる予定の施設も決めてあるのよ」

陽子はそう言うと戸棚の引き出しから介護施設のパンフレットを取り出して春子に見せた。

「終の棲家、夢のお城よ」

「どれどれ」とのぞき込む春子に陽子が言った。

「仕事の合間に顔を見せるくらいなら、会ってあげてもいいわよ」

「わかりました。じゃあ、お邪魔にならないよう、ほんの、ときーどき顔を見せるようにします」

そんなことを言い合って笑っているうちに、陽子がしみじみ言った。

「でもね、本当にいいのよ、そこの施設」

「ふうん……明日見に行ってみようかな」

「よかったら一緒に入る？」

「冗談でしょ」と返しながら、いつかは本当にそういう日が来るのかもしれないなと春子は思った。

リビングのソファに寝転がり、昼間、外で配っていたマンションのチラシ広告を眺めていると春子が帰ってきた。

「早かったね」と春子が意外そうに言った。「もっとゆっくりしてくればよかったのに」

春子が今日は実家に寄ってくるから少し遅くなるというので、千春も石川町の実家に帰っていたのだが、早々に引き上げてきていたのだ。

「ああ、いえ……なんていうかちょっと居づらいというか。不思議なもんですね、自分の家だったはずなのに」

そうなのだ。今日、家に帰って久しぶりに家族四人で話をしていたときのことだ。

そこに帰ってきた妹の夫の陽一郎が、千春に向かって「お義姉さん、いらっしゃい」と挨拶してきたのである。いらっしゃいって……。これではまるで陽一郎がここの主で、自分はお客さんのようではないか。千春はそこでまず軽いショックを受けた。

そして、もうひとつ。ベビーベッドのことである。気の早い陽一郎が、生まれてくる赤ん坊のためにベビーベッドを買ったのはいいが、大きすぎてちょうどいい置き場所がないという。

それじゃあ、ベッドをどこに置こうかという話になったのだが、そうなると話の流れ的に千春が「私の部屋に置けば」と提案するしかない。

陽一郎も千夏も一応は「それじゃあんまりだ」などと、一度は断ってきたがけっきょく千春が、自主的に自分の部屋を空けるということで話がまとまった。仕方がないとは思うが、やはりうら寂しい気持ちになってしまう。

「で、今度はなに?」春子が、千春がもっていたマンションのチラシを覗きこんで言った。

「マンション買うの?」

「そういうわけじゃないんですけど。将来のこと考えて、準備しはじめるのも必要かと思って」

「ほう」と感心する春子に、会社の帰りがけに真里子から聞いた「女がマンションとペットを買うと、それで心が満たされてしまうので結婚が遠のくらしい」という話をしかけたが、そっちはグッと飲み込んで千春が言った。

「たしか春子さんもお店休みですよね、明日。一緒に見に行ってくれませんか? 初めてだからなんか不安で」

「あ、ごめん。明日は私も行くところがあるんだ」

「そうですか」

「ごめん」

「いえいえ、ぜんぜん大丈夫です」

とは言ってみたものの、やはり千春は少し、いや、かなり不安だった。


翌日、千春は予定通り駅からバスで十分ほど離れた所に建てられたそのマンションを見に行った。予定と違ったのは一人ではなく、純平と一緒だったことだ。春子が、「千春ひとりで行って、軽はずみに不良物件をつかまされたら大変だから」と、純平をお目付け役として同行するよう頼んでいたのだ。

内覧会では、案の定、千春と純平は新婚さんと間違われた。

担当についた男は、相手が千春ひとりだとわかってからも、このマンションはセキュリティがしっかりしているし、キッチンやバスも女性を意識して作られているのでお勧めですと熱弁をふるっていたが、千春が契約社員であることを告げたとたん、一気にトーンダウンした。

内覧会からの帰り道、純平と肩を並べて元町の通りを歩きながら千春がしょげた口調で言った。

「やっぱり契約社員だと難しいのかな……」

「僕みたいなバイトだと、さらに話にならないでしょうね。でも、千春さんはすごいですよ、買う買わないは別にしても、そうやって着実に準備しようとするところが」

「現実を見ようと思ってさ。でも、いまのままじゃ、ダメなんだな」

「いまのままじゃ、ダメ……か」

そう言って足元に視線を落とす純平を横目で見ていた千春が、一軒の店の前でふと足を止めた。

「あ、ここ……。覚えてる？　ここでガーベラの花をくれたの」

そう言って千春がのぞきこんだショーウインドウの中は白やピンクの八重咲きの花で飾られていた。

「いまはストックなんですよ」

「ストックか……もうガーベラじゃないんだ」

「はい……」

「一歩……。私、あのとき本当に嬉しかった。自分と同じようにうまく歩けないことがあるって言ってくれて」

「いえ……本当にそうですから」

自信なげに答える純平を千春が真っ直ぐに見た。

「でもさ、いま、純平くんは、一歩踏み出すことができるチケット、手にしているんじゃない?」

「え……?」

「パリ行きの、チケット」

純平がおどろいて千春を見た。

「瑞希さん、うちでチケット手配してくれてて」

「………」

「彼女の思いに応えてあげたら? いちばん純平くんの才能を信じてるの、彼女だと思うよ」

「才能、なんてないです。僕は」

「そんなこと」

「だから……恐いんです」

「……?」

「彼女を失望させるのが……。彼女が見ているのはいまの僕じゃない。ずっと昔の僕だから」

「そうかなあ。瑞希さん、ちゃんといまの純平くんを見てる。それで、いまの純平くんを救いたいんだと思うけどな」

「…………」

「彼女と一緒に、一歩、踏み出してみたら？」

千春は精一杯の微笑みを浮かべて純平を見て、そして思った。

（私も一歩踏み出さなきゃ……）

まずは資格を取って、正社員を目指すこと。千春は、帰りがけに本屋に寄っていくことに決めた。

●

千春と純平が内覧会に参加していた頃、春子は母親が入居予定の老人向けケア付きマンションの見学をしていた。

横浜市近郊の小高い丘陵地帯にある、緑に囲まれた環境的には申し分のない場所にあるその建物は、ロビーや廊下も広くゆったりとしていて、リゾートホテルと言われても納得してしまうような作りだった。

ここなら、住環境にうるさい母親が住みたがるのも無理はない。いずれそういうときが来れば自分もここなら満足できるだろう……。

ひと通り見学を終え、そんなことを考えながら玄関ホールに向かって歩いていた春子は、向こう側から車椅子を押して歩いてくる男の姿を見て、思わず「あっ」と小さく叫んでいた。

最近ちょくちょく花を買いに来る、あの谷川とかいう大学の教授だったからだ。

玄関ロビー奥の歓談スペースのソファに腰を下ろし、自販機で買ったコーヒーを飲みながら二人はしばらく話をした。

「ここから見える庭がまたいいんですよ、落ち着いていて」

ガラス戸越しに見える中庭に目をやりながらそう言った谷川に春子がうなずく。

「私もさっきからそう思いながら眺めてました」

「なんて言うんですかね、ところどころに置いてある石……。あれがいいアクセントになってますよね」

「景石ですね。あれは、秩父青石かな……」

谷川が感心した顔で春子を見た。

「花だけじゃなく、石のことにもお詳しいんですね」

「石って言うか、庭のことならちょっと……」

その一言がきっかけで、しばらく春子は谷川に自分の仕事の説明をしなければならなくなった。

「それにしても、まさか先生のお母様が入居されてたなんて……」

話題を変えようと、あらためてそう言った春子に、谷川が頭に手をやって言った。

「うちも親があらかじめ自分で探して決めてあったんです。こちらが勝手に同居しようと思っていても、そうはいかない。僕も、何年も前に同居を断られたクチです」

「本心でしょうか、親心なんでしょうかね」

「僕の場合は見抜かれていたんだと思いますね。僕がまったくアテにならない息子だと」

自嘲ぎみに笑う谷川に合わせて、春子も「そんな」と笑って言った。

「教授はたしか、いまは独身でいらっしゃいましたよね」

春子のひと言で、谷川が急に背中をシャキッと伸ばしてうなずいた。

「は、はい」

「ご自分の老後のこととか、考えたりします？」

「しますよ。遺言を書いてみたこともあります」

「ほう……」

「内容は至極簡単、本の類は大学へ寄付。あとは葬式するときの連絡先くらいなもんですけどね」

「そうですか」

「でも、自分の死を意識するというのは不思議な感覚になりますね」

「………？」

首をかしげる春子のほうに、谷川が少し身を乗り出して言った。

「僕らの年くらいだと、半分は過去を振り返り、半分はこれから新しく始めたいことが浮かんでくる」

「これからしたいこと……」

「ええ。限りを知ることで、人は初めて自分の人生が見えてくるものなのかもしれません」

谷川の言葉を吟味するように、じっと思いをめぐらせる様子の春子に、谷川は小さく咳払いをして言った。

「かく言う私も……その、人生の、伴侶を見つけたいな、とか」

「は？」

「いえその、老後を共にする人があって欲しいと言いますか、何と言いますか……」

「それはいいですね」

ニッコリと微笑む春子を見て、谷川の顔にも笑みが広がった。

「そうでしょう？　いいですよね？」

「ええ、素敵です」

「……素敵、ですよね」

「？」

谷川の意図するところが伝わらず、春子はキョトンとしている。

谷川はぬるくなったコーヒーをひと口すすって小さくため息を漏らした。


いつものように駐車スペースにバイクを停め、建物の中に入っていった春子は、廊下の突き当り、つまり自分の部屋の前に、たたずむ人影を見て思わず足を緩めた。

樋口だった。いま来たばかりらしく、半分開いたドアの向こうから千春が顔をのぞかせている。

「ちょっと外で話してくる」と千春に言い残し、春子は樋口を伴ってマンションを出た。

それから十分後、二人は住宅街の中にある、小さなバーのカウンターにいた。

すぐ近所に、昔よく二人で行った小さな飲み屋があったが、そこは避けた。

「まさかルームシェアしてるとはな……」樋口が苦笑いして言った。「あの人には、びっくりさせてしまって申し訳ないことをした。その前から君には何度か電話をかけてたんだが……」

何度か樋口から電話がかかってきていた。が、春子はあえて出なかったのだ。

「すみません」

「いや……」

「あの、お話というのは……？」

「そのことなんだが……」樋口があらためて春子のほうに向き直って言った。

「やり直さないか……」

予想もしなかった言葉に、息を吞む春子に樋口が続けた。

「仕事も……俺たち二人のことも」

千春の驚きの表情が、ふと笑みに変わった。

「何をおっしゃるんですか」

「会社を辞めることにした」

「……え？」

「君を本社に戻すなどと言っておいて、すまない」と樋口がかすかに頭を下げる。

「いえ、それは……」

「だが、本社よりも君に来て欲しいところがある……。独立して事務所を立ち上げる。君についてきて欲しい」

「でも……」

なにか言いかけた春子の先回りをして樋口が言った。

「妻とは別れることになった……。これで本当に俺はひとりだ」

「……………」

あまりに突然のことで、春子は言葉を失った。

「残りの人生を、君と生き直したいんだ」

「……………」

春子のグラスの中で、溶け始めた氷が崩れてカチリと音を立てた。

春子は、一時間半ほどで帰ってきた。

「ただいま」

声をかけた春子に、千春は手にしていた『誰でもわかる総合旅行業務取扱管理者合格ハンドブック』から少しだけ顔を上げて「おかえりなさい」と返した。

ふだんなら、千春がもっている長ったらしい題名の本のことに触れてくるはずなのに、春子はなにもなかったような顔でコーヒーをいれている。

部屋に気まずい沈黙が流れ始めたとき、春子がボソッと言った。

「聞かないんだ、なにも……」

「いや、あの」千春が遠慮ぎみに答えた。「いや、あの人、前にレストランで会った上司の人だなあって……」

「三十代の頃、ずっとつき合ってた人なの」

「……そうなんですか」

「そう」

「前に、春子さんが言ってた『昔の約束』って……あの人ですか？」

「……娘さんが成人したら一緒になろうって約束してた。ほんと、昔の約束は昔の約束だよね」

「春子さん……」

湿っぽくなりそうな空気を払うように春子が言った。

「そう言えばマンションの内覧会、どうだった？」

「ああ、いまの私にはまだ無理かなって」

「そう……」

「あ、ありがとうございました。純平くんのこと。でも……もう大丈夫なんで」

「大丈夫？」

「ええ、あの……純平くんと私は、残りの人生の歩き方、違うと思うんですよね……。だからその……もう心配してくれなくて、大丈夫です」

「千春……」

なにか言いかけた春子に、千春は力こぶを作る真似をして「さあ、勉強、勉強！」と言うと、自分の部屋に引き上げていった。が、それはいわゆるカラ元気というやつで、部屋に入るなり千春は机の上に突っ伏して「ウウー」と妙なうめき声を上げた。

翌日、出勤してきた春子に思いがけない朗報がもたらされた。

春子が本社勤務最後の仕事として手がけたグランドヒルズガーデンが、年間最優秀デザイン賞を獲得したことを知らせるメールが本社から入ったのだ。

授賞式を見に行きたいといって騒ぐ麻衣に、そういうのに出席するのは会社のお偉いさんで、それが会社組織というもの、などとさとしていると春子の携帯が鳴った。樋口からだった。一瞬、躊躇したのち春子は電話を取った。

メールを読んだかと聞いた樋口に、「はい」と春子が答えると、樋口は「おめでとう」を口にして言った。

――やっぱり君は、そのまま終える人じゃない。誰がどう言おうと、あれは君のデザインだ。君のしてきた仕事は、間違ってなかったんだ。

電話を切ってからも樋口のその言葉がいつまでも頭から離れなかった。

樋口について行くべきか、行かざるべきか。自分はどうすればいいのだろう……。

春子の揺れる心の隅に、ふと母の顔が浮かんだ。

父の仏前に線香を上げ終えた春子に、居間でコーヒーをいれていた母の陽子が聞いた。

「なにかあった？」

自分が手がけた仕事が賞を獲ったことを話すと母は、素直に喜んでくれた。

「お父さんも、きっと天国で自慢してるわね」と微笑む母に、春子が切り出した。

「お母さん……私、残りの人生でもう一度冒険するべきなのかな」

「………」

陽子は首をかしげ、春子の次の言葉を待った。

「お世話になってた上司がね、独立を考えていて。声かけてくれて……。もう一度だけ勝負かけてみるのも、夢見てみるのもいいのかな？」

「春子」と娘の名を呼んで、陽子はしばらくじっと春子のほうを見て言った。

「春子を育ててくれたあの方ね？」

「そう……だけど……」

言いにくそうに答えた春子に、陽子がさとすような口調で言った。

「ねえ、春子、残りの人生ってあなた言ったわね」

「えっ、うん……」

「その方の奥さんにも、残りの人生は、あるのよ」

母親の勘の鋭さに、思わずハッとなった春子に陽子が続けた。

「お母さんにもあったわ、同じような残りの人生」

「え？」

「同じ思いをしたことがあるのよ、お母さんも」

「…………！」

「お母さんが、お祖母ちゃんへの恩返しをまっとうしたい理由はね、そんなつらい時期を、支えてくれたのがお祖母ちゃんだったからなのよ」

「お母さん……」

「あなたは、きちんと一人で立っていける人よ。他にももっと夢を見られる場所があるはずよ」

陽子はそう言うと、春子の前にコーヒーを満たしたカップをそっと置いた。「自分でもそう思ってるんでしょう？」

春子は母がいれてくれたコーヒーをひと口すすり、母を見た。

「苦いね……」

陽子がゆっくりとうなずいた。

「そうね。苦いわね、とても」

翌日、休みが重なった春子と千春は、バイクで丹沢まで紅葉狩りに行った。千春の提案だった

地面の上に広げたシートの上で膝を抱え、紅葉した木々の間から見える湖を眺めながら、千春が言った。

「私ね、わかったんです……。明日のためにも、まずは今日をちゃんと生きようって」

昨夜は、風邪っぽいなどと言って毛布にくるまっていた千春だったが、春子が作ってやった雑炊のおかげですっかり風邪のことなど忘れたように元気になっていた。

「明日のために今日を生きるか……」

言葉を繰り返した春子に千春がうなずいた。

「将来の不安って、どうやっても消せないと思うんですよ。マンションがあっても、保険に入ってても、その不安がなくなるわけじゃない」

「うん……」

「だけど、みんなそんな不安を抱えながら、今日を必死に生きているんだと思うんです……。だから私も、将来の不安にがんじがらめにされるのはやめて、今日を精一杯生きようかなって」

「そうだね……」

ゆっくりとうなずく春子を見て、千春が意味ありげに微笑んだ。

「それにね、そんな不安を忘れさせてくれるものも見つけたんで」

「なに？」

「恋人とか、夫婦じゃなくてもいいんです。誰かそばにいてくれる人がいれば……たとえば、友だち、とか」

「ああ……そうかもね」と微笑み返した春子がふと空を見上げた。「喉かわいたなあ」

「そう言えばそうですね」

同意した千春を見つめて春子が芝居じみた口調で言った。

「友よ、頼んだ！」

「いやいや、友よ、頼んだ！」

「じゃあ……最初はグー！」

「ジャンケン、ポン」

二人のはしゃぐ声が、静かな森の中に響きわたった。

千春と春子のどっちがジュースを買いに行くかで大騒ぎをしていた頃、純平は例の絵を渡すために噴水公園で瑞希と会っていた。

純平から受け取った絵を大事そうに両手で受取りながら瑞希が言った。

「ごめんなさい、わざわざ……」

「いや、もともと河野にあげたものだし」

「よかった……。この絵、もう会えないかと思ってたから」

その場で絵を取り出して眺め、そっと抱きしめる瑞希に、純平が静かに言った。

「そしたらまた描くよ」

「え？」

「もう一度、描くよ」

「よかった。先輩がもう一度描く気になってくれて……パリ、一緒に行ってもらえますか？」

「……わかった」

「ほんとに」

満面の笑みを浮かべる瑞希に、純平が静かに微笑み返したがその目はどこか寂しげだった。

第九章

大急ぎで制服に着替え、ＩＤカードを首にかけながら千春は朝礼の列に身体を滑り込ませた。

「おはよ」と小声で言った千春に、森田がやはり小声で「おはようございます。ギリギリセーフですね」と返す。

真里子が千春の脇腹をつついて、「千春さん、ほら、例の」とアゴで前列のほうをさした。

「あ、超有望株？」

たしかに一見したところ、真里子の事前情報は正しいように思えた。スリムで背も高いがその割には肩幅が広く、スーツがよく似合っている。理知的で整った顔……。全身からいかにも仕事ができそうなオーラを発していた。

いつものように事務的な連絡事項を告げてから、支店長がそばに控えていたその男に目配せすると言った。

「今日から、うちでみんなと一緒に働いてもらう高原くんだ……。じゃ、高原くん」

高原は支店長に一礼して一歩前に進み出て、折り目正しくお辞儀すると自己紹介を始めた。

「おはようございます。いまご紹介に与りました、本社から来た高原誠司です。本社では、団体旅行部門の企画に携わっていました。よろしくお願いします」

もう一度、お辞儀して顔を上げた高原がふと千春のほうを見た。

目が合った……。

そう思った瞬間、高原が千春に小さく微笑みかけた……ように見えた。

「田中くん」

ふいに支店長に名前を呼ばれ、あたふたする千春に支店長が言った。

「高原君のサポートには、君がついてくれるかな」

「え？」

キョトンとしている千春の後ろで、真里子が「ええぇ」と驚きの声を上げた。

高原はつかつかと千春の前に来ると、さっと右手を差し出して握手を求めた。

「よろしくお願いします」

「こ、こちらこそ……」

ニコリと微笑む高原に、千春はぎこちない笑みを浮かべて高原の手を握り返した。

夜、家に帰ってきた春子にその日のことを話そうとしかけたが、結局やめた。話してしまうことで、高原を変に意識する結果になるかもしれないと思ったからだ。

いつものコーヒータイムに、最初に口を開いたのは春子だった。

「今日ね、上司の誘い、断ってきた」

「ああ、あの……」

「会社辞めて自分の事務所作るから、一緒に独立しないかって言われたんだけどね……だけど、やっぱりそれは違う気がして」

「きっぱり？」

「うん……。誘ってくれたことには感謝してるけど、もう一緒に夢を見ることはできないって」

「そうだったんですか」

「それだったら、デザイナーとして本社に戻すよう会社を説得するとも言ってくれたんだけどね、それも断った」

「えっ、いいんですか」と意外そうな千春に、春子はコクリとうなずいた。

「当分は、花屋でやってくことに決めたから」

「…………」

「どんな選択でも、自分が悩んだ末に選んだことなら、たとえ間違っていても後悔することはないよ」

春子は自分に言って聞かせるようにそう言うと、マグカップを握る手に力を込めた。

●

次の日からさっそく高原は、千春にサポート役としての仕事を振ってきた。

高原が、来年のツアーの企画を一緒に立てて欲しいというのだ。千春は最初戸惑った。そういったクリエイティブな仕事は、正社員がやるものだと思いこんでいたからだ。自分はただの事務処理や雑用係だと。しかし高原は、そんなことは関係ないと言う。

「僕のサポートについたからには、企画の段階からぜひ手伝ってもらいたいんだ。いま、旅行にお金を落としてくれるのは働く女性。田中さんならターゲットのニーズを把握していると思うし」

その真剣な口調から、高原が決して社交辞令で言っているわけではないことを千春は感じた。

「私でよければ……」

そう答えを返した千春に高原は「期待してるよ」と言って千春の肩をポンと叩き、自分の席に戻っていく。千春はなんだか、ここで働きだしてから初めて自分が本当に必要とされているという実感が湧いてきて、知らず知らずに顔がほころぶのを感じた。

その日、定時になっても千春はオフィスに残った。

高原と共に企画を立案するためだ。

「三十代女性の旅行意識調査データによると、わりと最近は国内旅行も人気なんだよね」書類や資料がうず高く積まれたデスクを前に、高原が言った。

「店頭でもそう感じます」千春がうなずく。「国内だと、エステやアメニティが充実しているホテルプランが女性に人気です」

「なるほどね」

「そこに自然の要素を入れると、より人気が出る気がするんですけど……」

「自然の要素？」

「はい。これも接客してて感じるんですけど、三十代になって自然の美しさに目覚める女性って多いなぁって。だから例えば、昼は自然と戯れて、夜はホテルで思い切りラグジュアリーに過ごせるツアーなんてどうかなって」

「つまり、都会派であり、自然派でもあるプランってことか……いいかもしれないな。じゃあ、そのラグジュアリーな自然派の方向で企画書まとめてみてくれる？」

「はい」

「よし」と言うと高原が壁の時計を見た。時計の針はそろそろ八時半を指そうとしていた。「今日のところはこんな感じかな。お疲れ様！」

「お疲れ様でした」

帰り支度をしながら高原が言った。

「ごめん、遅くなっちゃったね」

「ああ、いえ」

「メシでも食ってく？」

学生が同級生を学食に誘う、そんな口調だった。


千春が案内した、その店名物の鶏の唐揚げを頬張りながら高原が言った。

「だからね、お客さんのニーズに合わせるのが最優先だと俺は思うんだ。その上で、お客さん自身も気づいていないいような提案ができたらいいなって」

「はい」

「『旅行楽しかった、ありがとう』って言われるのが一番嬉しいから。だから……」

千春相手に熱弁を振るっていた高原が、ふいに言葉を区切り「ごめん」と小さく頭を下げた。

「え？　何がですか？」

「俺ばっかり話しちゃって」

「いいえ、楽しいですよ」

千春のその言葉に嘘はなかったが、高原は気配りするタイプらしく「いや」と首を振って言った。

「せっかく二人で食事してるんだし、田中さんの話も聞かなきゃ。田中さんはどうしてこの業界に？」

高原にそう水を向けられて千春は自分の話をした。

月並みだけれど旅行が好きでこの業界を選んだことに始まり、これまでに旅行してきた世界の国々、それは主にアジアだったけれど、細かな思い出話などを交えつついろいろな話をした。

千春がインドでヨガに目覚め、高原がタイでムエタイにはまったことで、二人とも旅行に影響されすぎだろうとひとしきり笑ったところで、高原がふと真顔になって言った。

「自分が大好きな旅行を、他の誰かにも楽しんでもらいたい……同じ志を持つ人と一緒に仕事できて嬉しいよ」

「こちらこそ、光栄です」と答えながら千春は、実家に置いてある昔集めていた旅行関係の雑誌や本を取りに行くことを考えていた。

●

「おはようございます。企画書、出来ました」

千春が差し出したプリントの束を受け取りながら、「本当？」と高原が意外そうな声を上げた。

「よろしくお願いします」

「それにしても早いなあ」などと言いながら、その企画書に目を通していく高原を千春が固唾を呑んで見守る。

「うん。なるほど」

そう言って上げた高原の顔には笑みが浮かんでいた。

「いいと思う。支店長に提出してみるよ」

「本当ですか、ありがとうございます！」

「こちらこそ。ずいぶん頑張ったね。これ、もしかして徹夜で仕上げたんじゃない？」

「あ、いえ、そんな、いやいや」

顔の前で手を振るが、三時間も寝ていないというのが本当のところだった。

「お疲れ様でした」と言って、企画書を手に支店長の席へ向かう高原を見送る千春の耳元でふいに真里子の声がした。

「ちょっと二人、いい感じじゃないですか！」

「な、なに言ってるの、そんなんじゃないから」

「そんなんもなにも、だって、高原さん、千春さんのこと気に入ってますもん。目を見ればわかる、ありゃあ、惚れてる！」

「そんな昨日今日来たばっかりで、ないでしょ」

そう言って千春は笑うが、真里子は真剣だった。

「ありますよ！　男と女は会った瞬間に決まるんです」

「あのさ、真里子ちゃん」千春はちょっと怒ったふうを装って真里子を見て、まるで自分で自分に言い聞かせるように言った。

「私、いまそういうの、ほんといいんだって」

「どうしたんですか？　夢の結婚退職まであと少しじゃないですか。せっかく譲ったんだから、しっかりしてくださいよ！」

真里子は言いたいことだけ言うと、バンと千春の肩を叩いて自分の席に戻っていった。


千春が書いた企画書は、その日のうちに評価が下された。

「高原くん、それと……田中くん、ちょっと」

高原と千春を呼び寄せた支店長が、言った。

「企画書、読ませてもらったよ。面白いんじゃないかな。やってみたらどうだい？」

本当ですかと目を輝かせる二人に、支店長は、顧客の満足度から新しいものを探し出そうとしている点がいい。これは当たるぞと、太鼓判を押した。

高原は、千春がこれまでにカウンター業務で培ってきた経験と実感のたまものであると千春を持ち上げた。

支店長は、「そうか。お客様が何を求めているのかよくわかるよ」と言って千春を褒め、さっそく高原をリーダーとするプロジェクトチームを組むことを宣言したが、その次に支店長が口にしたのはまったく予想外の言葉だった。

高原の補佐役として、千春ではなく、森田を指名したのだ。理由は森田が正社員であること。その一点だった。

「あの、僕のサブは田中さんじゃ」と異論を挟んだ高原に、支店長は「もちろん」と言ってから千春に「田中君には今まで通り、事務関係のサポートを頼むよ」

「でも、この企画は彼女が……」

高原は千春をかばうが、千春はただその場で固まったように、うつむいているしかなかった。

支店長は、高原の言葉など聞こえなかったかのように、その場で森田を呼び寄せ、高原と会議室に行くよう指示してから千春に言った。

「田中くん、A会議室にお茶三つお願いできるかな」

痛々しそうに千春を見る高原の視線を感じながら、千春はただ「はい」とだけ言って給湯室に向かった。

●

狭いアパートの部屋の中では息が詰まってしまいそうだった。

だからその日の夜も純平は、噴水公園の片隅に立てたイーゼルのキャンバスを前にしていたが、心の中はまだ悶々としていた。なにをどう描いていいかさえもわからない。描いては消し、描いては消し……。それの繰り返しだった。まだ、下描きすらできていないので、瑞希に伴われて画材店で買い揃えた絵具などもまだ手付かずのままだ。

こんなことではダメだと自分を叱りつけて、キャンバスに向かうが鉛筆は動かない。募るのは焦りばかりだった。

フーッと大きくため息をついて、噴水の上に浮かぶ月に目をやったとき、暗がりの向こうにコンビニ袋を手に提げた千春の後ろ姿が見えた。

「千春さん？」

声をかけた純平に、千春が振り返ると、気まずそうに肩をすくめて言った。

「あ、ごめん。描いてるの邪魔しちゃいけないと思って。声かけなかった」

「いえ、そんな……。今日はもう切り上げますから。そっち行きます」

純平は布製の手提げ袋にキャンバスとイーゼルをしまうと、いつものベンチの方に向かった。

千春の横に腰を下ろした純平に、千春が言った。

「本当に一歩踏み出したんだね……」

「ありがとうございます」

おずおずと頭を下げる純平に「いえいえ」と手を振り、千春が遠慮がちに聞いた。

「瑞希さんとパリに行くの？」

一瞬の間があって、純平が「はい」と答えた。

「そっか。瑞希さん、喜んでたでしょ」

「まぁ……」と曖昧にうなずいてから、純平があらためて千春を見た。

「あ、今日は、なにかあったんですか？」

「え？」

「ここに来たから」

「あぁ。……ううん、べつに」

歯切れの悪い千春に、純平も「そうですか」とだけ返して深くは聞かない。

「あ、いや、そうそう、あったあった！」

ふいに明るい声でそう言うと、千春が続けた。

「私も、頑張ることにしたの。つい最近、上についた人がね、私が考えた企画を評価してくれて。それが今、実現に向けて動き出そうってことになって」

「すごいじゃないですか」

「いや、すごくもないいんだけど。私も純平くんに負けないように、頑張ろうかなって思ってるとこなんだ……」

「じゃあ、お互い頑張りましょう」

「うん……あ、私、そろそろ行くね」

「え、もう帰るんですか？」

「うん、邪魔しちゃ悪いから……頑張ってね！」

そう言うと千春はコンビニの袋を手にベンチから立ち上がり、「じゃあ」と手を振ると帰っていった。

小さくなっていく千春の影を見送りながら、純平は千春がいつもの千春ではないように感じたのは、自分がこうして悩んでいるせいなのかもしれないと思った。


「ただいま」とだけ言って、上着も脱がないままリビングのソファの上にドスンと座った千春を見て、春子が首をかしげた。

「どうかした？」

「みんな、選んで来てるんですよね」思いつめたような口調で千春が言った。

「春子さんも、純平君も……選べてないのは、私だけです」

「…………」

春子は黙って千春の次の言葉を待った。

「結婚も、仕事も、選べるほどちゃんとしたもの、何にもなくて……それじゃ選ぶにも選べないですよね……。自分の人生、ちゃんと、選べるようになりたいなあ……」

「わざと選ばないようにしてるんじゃないの？」

「え？」

「工藤くんのこと」

春子の口から出た純平の名に、千春が黙り込む。

「彼、パリ行き、決めたんだってね」

「ええ」と小さく返事した千春をまっすぐに見て春子が言った。

「本当にこのままでいいの？」

「……いいんです」

「千春……」

春子の言葉をさえぎるように千春が言った。

「何ていうか、希望みたいなもんなんですよ、私にとって」

「希望？」

「うーん……」しばらく頭に手を当てて考え込んでいた千春がふと顔を上げた。

「自分にはできないことを、叶えてくれる存在っていうか……だから、このまま進んでほしいんです」

それは自分への言い訳でしょ、そんな言葉が思わず出かかったが、千春の疲れた表情が春子にそれを押しとどめさせた。

●

花を買うことにはずいぶん慣れたはずなのに、その日、店に入ってきた谷川の足取りはいつもよりギクシャクしていた。

「いらっしゃいませ。今日も切花ですか？」

声をかけた春子に、「いえ」と首を振ると「今日はあなたにお願いしたいことがありまして」と言って封筒を差し出した。

「私に？」

封筒の中に折りたたまれて入っていた紙を広げると、それは家の図面だった。

「この家の庭をデザインしてもらいたいのです」と谷川が言った。

「…………！」

「先日、老人ホームでお会いした後、失礼ながらあなたがやってこられたお仕事を、大学の図書館で調べさせていただきました。もちろん、インターネットも使いましたが……。その上で、ぜひあなたにお願いしたいと思いました」

「ありがとうございます」丁寧にお辞儀すると春子が言った。

「でもまたデザインの仕事に戻るかどうかは、これから……」

「待ちます……！　会社の仕事として受けてもらっても、あるいは……あなた個人として引き受けていただいてもかまいません」

樋口の手前、いまの花屋の仕事を途中で投げ出したくない、だから当分の間は花屋として頑張るつもりだと言いはしたが、ガーデンデザインに対する情熱はまったく冷めていない。だが……。そんな春子の葛藤を見抜いていたかのように谷川が言った。

「会社だとか、個人だとか、そんな肩書きにこだわらない仕事があってもいい」

じっと考えこむ春子に、谷川がポツリと言った。

「庭を運んでくれる人」

「え？」

「母が僕のことをそう呼ぶんです。そうそう外に出ることのできない母にとっては、一輪の花でも庭なんです」

「一輪の花でも庭……」

「そのことを教えてくれたあなたに、ぜひこの家の庭をデザインしてもらいたいのです。だから、待ちます」

そのひと言がいえた安心感からか、谷川の顔に満面の笑みが浮かんだ。

「ありがとうございます」

春子は頭を下げながら、もう一度、心の中で谷川に礼を言った。

●

その日も千春の足は自然と噴水公園に向いていた。

今日も一日、オフィスで高原と森田が例のプロジェクトを着々と進めていく様子を、指をくわえて見ていなければならなかった。自分だけが仲間はずれにされたというのか、置いてきぼりを食ったような、そんな寂しい気持ちを抱えてやってきたのだ。

が、この日もやはり先客がいた。

ベンチの横でキャンバスに向かう純平だった。

その表情は見えなかったが、その背中には恐ろしいくらいの真剣さが漂っていた。

とても声をかけられるような雰囲気ではない。そっと回れ右して帰ろうとしたとき、純平が千春に気づいた。

「千春さん……」

「あ！　ごめん、また邪魔しちゃって……」

「いえ」と言葉少なに答える純平をまぶしそうに見て千春が言った。

「純平君は、ちゃんと前に進んでるんだね」

「いえ」しばらくの沈黙の後、純平が言った。

「実は……描けてないんです」

「え？」

千春は信じられないという面持ちで、ベンチの向こうに回って、イーゼルの上のキャンバスを見た。確かになにも描かれていなかったが、その白の布地には何度も何度も描いては消した跡が残っていた。

「何を描いたらいいか、わからなくって……」純平がため息をついてベンチに座りこむと呻くように言った。

「ほんと、迷ってばかりで」

背中を丸め足元に視線を落とす純平の横に座ると、千春が言った。

「私も、迷ってばっかり……。ほんとはね……社員じゃないから企画から外されたんだ」

ハッとした顔で千春を見ると、純平が残念そうに言った。

「そうだったんですか……」

「うん……」

純平はイーゼルから汚れたキャンバスを手に取ると「情けないな……こんなんじゃ、パリに行けないですね」と言って寂しげに笑った。

「そんなことないよ」

「…………」

「迷ってるかもしれないけど、よく『遠くに跳ぶためには助走も長く』って言うじゃない。純平君は、その迷路抜け出すチケット、持ってるよ」

「そうでしょうか」

「……そうだよ、きっと」

そう言うと二人は同時に噴水に視線を移した。

噴水池の水面に三日月が揺れていた。

純平と公園で別れた後の帰り道。千春は自分のことではなく、どうして純平が描けないのか、どうすれば描けるようになるのか、そのことばかりを考えていた。

気がつくと春子のマンションの前まで来ていた。

春子の部屋の明かりを見たとき、おぼろげではあるけれど、千春はそれがなにかわかったような気がした。

部屋に帰るなり、千春はパソコンで花言葉を調べ始めた。

純平にそれを伝えるための花……。


部屋のドアをノックするとすぐに「どうぞ」と春子の声。

ドアを開けると、春子はデスクに向かい設計図のようなものを眺めていた。

「あの、春子さんのお店に野ばらの花って置いてますか？」

「野ばらの花？」

「はい」

「うーん、野ばらって初夏の花だから、さすがに秋は……」

「そうですか……。わかりました。ありがとうございます」

落胆の表情を浮かべ引き返そうとした千春に、春子が聞いた。

「ねえ……どうしても、花でなくちゃ、だめ？」

翌日、春子は千春から頼まれたその花束を、千春からあずかったメッセージを添えて純平に渡した。

「これ、千春から」

まるで何かの果実のような、赤い実をたわわにつけた野ばらの花束を見て、営業車のカギを壁にかけながら純平が首をひねった。

「これ……？」

「野ばら、だって」

「野ばら……？　この時季に？」

「さすがに花が咲いているのはなかったんだけど」

「でも、どうして……？」

不思議そうに、野ばらの花束を眺める純平に春子がなにか言いかけたとき、店の外から「すみません」という声がかかった。

「いらっしゃいませ！」

春子が表の方へ出て行くのを見送って、もう一度花束に目をやった純平は、枝と枝の間に「純平くんへ」と表書きされた小さな封筒が添えられていることに気づいた。

キッチンで夕食の支度をしていた千春に、帰宅してきた春子が「ただいま」と言って、持っていた花束を掲げて見せた。

「おかえりなさい」

「渡しておいたよ、工藤くんにこれと一緒のやつ」

「ありがとうございます……。あ、これが……」

「野ばらの実」

「へえ……咲くとどんな感じなんですか?」

「白くて可愛い花だよ。小さいけど、たくさん咲き乱れると、とても綺麗で」

「ふうん……。やっぱり見たかったな、野ばらの花……あ、もう出来ますから、夕飯」

そう言ってレンジの中をのぞく千春に春子が言った。

「ありがとう……。でも、夕飯作るよりも、店で待ってて直接渡した方がよかったんじゃないの?」

「いいんです……私も前に進まなくちゃいけないんで」

「進む？」

「人の背中押すって、簡単なことじゃないですね。本当にそう思ったら、自分もちゃんと踏み出さないと」

「そうだね」

「仕事か、結婚か……自分には選ぶこともできない、情けないって思ってたけど……そう思って足踏みしてるだけじゃ、何も進まないですよね」

「うん」

「いつか、その時がきたらちゃんと選べるように、私も踏み出さなきゃ」

千春の横で、蛇口から花瓶に水を入れながら春子が何気ない口調で聞いた。

「で、どっちに踏み出すわけ？」

「どっちもです！　結婚も諦めないし、仕事も頑張ります。だってほら、両立っていう選択肢だってあるわけだし」

「両立？　できるかなあ、千春に」

「できますよ、いざとなったら」

そう言って笑う千春を見て、春子は昨日とは違うなにかを感じた。

春子と千春が夕食を楽しんでいる頃、純平は噴水公園のベンチの前にイーゼルを立てて、絵を描く準備を整えていた。

ベンチの上には、千春がくれた、赤い実のついた野ばらの花束と千春からのメッセージが置かれている。キャンバスをセットしながら、その花束を見ている純平の脳裏に、千春と交わしたあの約束の言葉がよみがえる。

——もし、もしもだけど。また描くことがあったら、きっと真っ先に、千春さんに見てもらいたいと思います。

まだ、はっきりと見えたわけではなかったが、描くべきものの輪郭が見えたような気がした。焦りや苛立ちといった感情が消え、不思議なくらい気持ちが落ち着いている。

しばらく真っ白なキャンバスを見つめていたが、やがて手にした鉛筆を白いキャンバスの上に走らせ始めた。その手の先が描く線には、もうなんのためらいも迷いもなかった。

翌日、外回りから戻ってくるなり、パソコンに向かってキーボードを叩く高原に、千春が「あの」と声をかけた。

「あ、田中さんか。どうした?」

「もう一度、一緒に企画やらせてもらえませんか?」

「え?」

「私、今までどこか漫然と仕事をしてきたんです。とりあえず旅行業界に入ったけど、大変そうなことはのらりくらりと避けて……それなりにこなせればいいかなって。だけどやっぱりそれじゃいけないなって。ちゃんと誇りを持てる仕事をしたいって」

「田中さん……」

「プロジェクトに加えてもらえなくてもかまいません。事務仕事ももちろんちゃんとやります。だから、企画の仕事、一緒にやらせてもらえないでしょうか!」

そう言って頭を下げる千春に、高原が言った。

「顔、上げようよ。こちらこそ、改めてお願いするよ……。一緒に、いい企画、たてよう」

勇気を出して言ってみてよかった。

緊張しすぎて忘れていたが、自分のお腹がグウとなる音で、千春は今朝、朝食抜きで来たことを思い出した。昨夜書いた企画書を朝、読み直しているうちに時間がなくなってしまったのだ。

もう一度企画の仕事をしたいという千春の思いは、十分すぎるくらい、高原に届いていた。

「直訴」した日から三日連続で十時過ぎまでの残業が続いたが、千春はそれでも満足だった。この日も、森田を始めプロジェクトのメンバーたちが帰った後も、発案者である千春は高原と共に二人で会社に残った。

千春のキーボードを叩く音がふと止まり、代わりにフーッと息をつく音がした。

「よし、できたと……。高原さん、ツアー候補のホテルリスト。いまそっちに転送します」

「ありがとう、助かった！　田中さんだけ残ってもらって悪いね」

「いえいえ、やらせて下さいって頼んだのは私ですから」

高原は「どれどれ」と千春が送ったデータをチェックすると「よし」と言ってモニターから顔を上げた。

「じゃ、続きは明日にしよう。遅いからタクシーで送っていくよ」

「そんな、大丈夫です。一人で帰れますから……」

「同じ方向だから遠慮しなくて大丈夫だよ」

同じと言われれば同じ方向かもしれないけど……。

とはいえ、ここで細かいことを言ってもしょうがない。千春は高原の厚意に甘えることにした。

●

真剣そのものの表情で、じっとキャンバスをにらんだままピクリともしなかった純平の顔にふと笑みが浮かんだ。

(よし、完成だ……)

キャンバスには、ベンチに置いた例の野ばらの花束が描かれていたが、実物とは少し違っていた。それは、赤い実をつけた野ばらではなく、真っ白い可憐な花を咲かせた初夏の野ばらだった。

色や形といった目に見えるものだけではない、あるメッセージを込めて描いたつもりだった。純平はそのことを確かめるように、花束に添えられていた二つ折りのメモをもう一度開く。

――どんな花か私も見たかったです。

【野ばら】花言葉は、「痛みから立ち上がる」

千春の丸っこい文字で書かれたそのメッセージには、もう何回となく目を通したはずなのに、自然と顔がほころぶ。

いったい千春はこの絵を見てなんと言うだろう。

約束した通り、この絵を最初に見せる人は千春と決めていた。

もう、彼女は家に帰っているだろうか……。

絵の具が乾くまでもう待っていられない。

純平は、野ばらの花束を小脇にはさみ、キャンバスの木枠の部分を手でつかむと、ベンチから立ち上がった。

公園から千春たちの家まで十五分ほどの道のりを純平は急いだ。自然と早足になっているのだ。足を踏み出すたびに、身体の上下に合わせて野ばらがバサバサと乾いた音を立てる。

前に行ったときからそれほど時間はたっていないのに、頬を撫でる風の冷たさが冬の到来を告げていたが、寒さは感じない。

マンションの前まで来て、部屋に明かりがついているかどうか上を見上げようとしたとき、純平の側をタクシーが一台ゆっくりと走り抜けて、マンションの少し手前で止まった。

ドアが開き、人が降りてくる。千春だ。

思わず千春さん、と声をかけようとしたとき、その後に続いてスーツ姿の男が一人降りてきた。

「！」

純平はとっさにエントランスホールの柱の陰に身をひそめた。

●

「すみません、送っていただいたりして」

タクシーの中から恐縮し続けだった千春が、向かい合わせに立つ高原に、もう一度そう言って頭を下げた。

「いやいや、遅くまで頑張ってもらったから」

「すみません、プロジェクトメンバーでもないのに」

「なに言ってるの。これは田中さんの企画だよ……。必ず実現させような」

「はい。じゃ、失礼します……おやすみなさい」

「おやすみ」と返してタクシーに再び乗り込もうとした高原がふとその動きを止めて後ろを振り返ると、千春の唇に自分の唇を重ねてきた。

近くでバサッとなにかが落ちたような音が聞こえた気がした。それは純平の手から滑り落ちた野ばらの花束が立てた音だった。が、そのときの千春はそんなことに気を取られている余裕などない。突然のキスに、驚きで声も出ない千春に高原が言った。

「ごめん、急に……」

「いえ、あの……」

あたふたする千春に、高原自身も戸惑っている様子だった。

「好きになったみたいなんだ……。よかったら、つき合ってもらえないかな」

勢いでつい、というのならまだしも、まさか、ここまで真剣に告白されるとは思ってもみなかっただけに、千春の動揺はなかなか収まらない。

高原が「ごめん」と小さく頭を下げて言った。

「急に言われても困るよね……。でも、正直な気持ちなんだ。考えてみて」

「………」

「じゃ、おやすみ」

高原がタクシーのシートに身体を滑り込ませた。

「おやすみ……なさい」

高原を乗せたタクシーのテールランプがカーブの向こうに消えるのを見届け、回れ右してエントランスのほうへ歩きかけた千春が、おやっという顔で足元に目を落とした。

赤い小さな実のようなものが大理石の上に点々と散っていた。

しゃがんでひとつ拾い上げてみると、それはまぎれもなく野ばらの実だった。

第十章

朝、真里子と棚のパンフレットの整理をしていた千春に、高原が声をかけてきた。

「田中さん、昨日の資料作り、今日できれば仕上げちゃいたいんだけど、どうかな」

「はい。大丈夫です」

「じゃ、よろしく」

面と向かって顔を合わせても、思っていたより、照れくさくも気恥ずかしくもなかった。三十五歳という年のせいなのかな……などと考えていると、真里子が意味深な笑みを浮かべて千春にささやきかけてきた。

「なんか二人、息ぴったり。なんだか見た目も合ってるし、なによりもどこか頼りない千春さんと、リードする高原さんっていう、その補いあう感じがいい！」

「何なのよ、いきなり」

「つまり、お似合いですってことです。ついに見つけた特別な人、逃したら一生後悔しますよ」

「そんな……」

言いかけた千春を手で制して、真里子が入口のほうを見て言った。

「あれ、あの二人もお似合い……」

振り向くと、瑞希と純平が店に入ってくるところだった。


「ホテルのご延泊の件ですよね」

千春の言葉に、カウンターの向こうに座った瑞希がゆっくりとうなずいて、隣の純平のほうを見た。

「ホテル選びは私に任せてくれるんですよね、先輩」

純平は「ああ」とうなずき、一瞬、千春のほうを見たが、千春と目が合った瞬間、気まずそうに目をそらした。

「ホテルブランか、ホテルリュクスあたりが手頃かと思ってて。まだ予約空いてますか」

ちょっと調べてみますと言って、千春は素早くホテル名を入力する。

「ご予約、どちらのホテルもまだ可能ですよ」

「じゃあ、ホテルリュクスで」と答えると、瑞希が甘えるような声で「ここで、よかったですよね」と純平に聞いた。

知らない人が見たら、そのまま熱々の新婚カップルだが、瑞希があえてそんなふうに見せたがっているのは明らかだ。

「了解しました。ホテルの詳細、プリントしますね」

プリンターから書類が吐き出されるのを待つ千春に瑞希が話しかけてきた。

「先輩って、すごいんですよ」

「…………？」

「あっという間に描けちゃったんです。やっぱり、昔とぜんぜん変わらない」

「描けたって……」

一瞬、キョトンとした千春を瑞希がおかしそうに笑った。

「絵のほかに何があるんですか」

「そうですか。描けたんですか……！」

思わず身を乗り出した千春に、純平があまり嬉しそうな顔もせず、小さくうなずいた。

「はい。なんとか……」

「そうですか……」

嬉しそうに笑顔を浮かべる千春と、照れたような態度を取る純平になにかを感じたのか、瑞希がことさら華やいだ声で純平に言った。

「あ、そうだ先輩。これから観覧車に乗りません？」

「観覧車⁉」

もうすぐ日本を離れるのだから、見納めに横浜の景色を眺めておこうと言う瑞希に、純平はこれから店に戻らなければならないからと断った。

「じゃあ、夜。今日の夜は？　夜景のほうが綺麗だし」

「……いいけど」

プリント作業の終了を知らせる合図をきっかけに、席を立って奥の印刷機の方へ行きかけた千春に、書類を手にした高原がやってきて「はい。これ田中さんのでしょ」と千春に渡した。

「あ、ありがとうございます」

その様子を見ていた純平が、ハッとした表情で高原の顔と胸のネームプレートを交互に見た。が、その理由を知っているのは純平本人だけだった。

新企画プロジェクト第一弾がまとまったのは、それから数日後のことだった。

「千春さんのおかげで、なんとか形になりましたね」

「森田くんもよくがんばったよ」

互いに健闘をたたえあう森田と千春に、高原がグラスをもつジェスチャーをして言った。

「とりあえずお疲れさま会でもしようか？　どう？　これから飲みにでも行く？」

「すいません、今日は僕、ちょっと……」

森田が申し訳なさそうに言った。いまつき合っている彼女から別れようというメールが来たので飲み会どころではないというのが理由だった。が、それは表向きのもので、実は飲みに誘われてもついていかないよう、真里子から指図されていたのだ。要するに、千春と高原が二人だけになれるよう、真里子が気を利かせたのだ。

「じゃあ、二人で行く？」と聞いた高原に、千春も「はい」と答える。

真里子の企みは見事に実を結んだのだ。

それから一時間後、二人がいたのは居酒屋でもレストランでもなく、山下町にあるマリンタワーの展望台だった。

横浜にはこれまでほとんど馴染みがなかった高原が、観光も兼ねてマリンタワーから横浜の夜景を眺めてみたいと言い出したのだ。

展望台の窓に沿ってゆっくりと歩きながら、あれがランドマークタワーでこっちが赤レンガ倉庫などと説明する千春に、高原が感慨深げに言った。

「やっぱり横浜の夜景は綺麗だな。異動してきて、やっと横浜を観光できてる感じするよ」

「近所だとかえってこういうとこって来ないけど、あらためて見るとやっぱり綺麗ですねえ」

「山下埠頭にレインボーブリッジか……。しかしこうやって見ると観覧車ってデカいなぁ」

「観覧車……そうですね……」

千春の頭に、先日の瑞希が口にした言葉がよみがえる。あの日ふたりは観覧車からこうやって夜景を眺めていたのだろうか……。

ぼんやりと窓の外を眺めていた千春が、ふと高原に視線を移して言った。

「真に受けていいんですかね、この間のこと」

高原がフッと笑みを浮かべて言った。

「真に受けてくれなきゃ困るよ……」

「あの……私、ずっと焦ってて。年齢とか結婚とか焦って、もう三十五歳だしって。でもそういうのにもう疲れちゃって」

「…………」

「だから、そんな風に言ってもらえると……。安心しちゃうぶん、逆にすごく恐くて」

「僕だって同じだよ。こんないい年して告白するの、どれだけ恐くて勇気がいったか」

高原は千春の腕を取って自分のほうに向かせると、千春の目を真っ直ぐに見て「大切にします。つき合って下さい」と言った。

気がつくと、千春は高原に抱きすくめられていた。

「つき合ってください」

高原がもう一度言った。

千春は、高原の胸の鼓動を感じながら、こっくりとうなずいた。

●

店を上がると、早々に帰宅して春子は谷川邸の図面とにらめっこしていた。谷川邸の庭のデザインを、個人として正式に請け負うことにしたからだ。

「ただいま」と千春が帰ってきても、頭は設計図のほうに集中していたが、それでもなんとなく千春の様子がどこかおかしい、ということには気づくだけの余裕は残っていた。

「おかえり」

図面から顔を上げて千春を見ると、千春はなにか魂が抜けたみたいな顔でリビングの棚に飾ってある噴水公園の写真を眺めている。

「どうしたの?」と声をかけると、千春はあわてて写真から目をそらし、話を切り出した。

「春子さん……私、好きな人ができました」

「…………」

「会社の人。高原さんっていうんです。尊敬できて、話も合うし、趣味も合うし、一緒にいると安心してもっと近づきたいって思えるんです」

話の内容の割りには千春の声ははずんでいない。顔は確かに笑ってはいるけれども、その笑いはどこか寂しげだ。

どうしたんだろう、と思っていると千春の目がうるうるしはじめ「つき合うことにしました」と言ったと同時に溢れでた涙が頬を伝い出した。

「いいの……?」と聞いた春子に、千春が「なにがですか?」と聞き返した。

「何がって……」

「変ですね……」涙を手の甲で拭って、千春が笑った。「安心したら泣けちゃって」

「…………」

「やっと、私にぴったりの大切な人を見つけたんです。そう思ったら、力抜けたみたいです」

「千春……」

なにか言いかけた春子から逃れるように、千春は「お風呂入って寝ます」と言い残してリビングルームを出ていった。

翌朝、キッチンから出てきた千春は、もう、いつもの千春に戻っていた。

「今朝は、冬野菜のスープを作ってみました。お口に合うといいんですけど」

そう言ってから、千春がペコッと頭を下げた。

「昨日は変なとこ見せてすみませんでした。なんか本当、気が抜けちゃって。心配しないでくださいね。今度、高原さんをちゃんと紹介しますから」

そうは言われてもなにか釈然としないものを感じたが、春子はそれを千春の作ったスープと共に飲み込んだ。

●

様子が少し変なのは、千春だけではなかった。

朝、店に出勤すると、いつも落ち着いている純平が、この日はどこかそわそわしていると思ったら、なぜか急に千春の話をし始めた。

「こないだ、河野と千春さんの店行ったんですけど、そこになんか、イケメンの男の人がいて……なんか、千春さんとちょっといい感じだったんですよね」

「え、それって、もしかして……高原さんって人じゃ……」

「あああ、やっぱりかあ……。そうです、そんな名前の人でした。む、胸のネームプレート見たらそんな名前が……」

「工藤くん、会ったんだ」

「会ったっていうか、ただ、見かけただけですけど……」

「私、まだ名前しか聞いてないんだよね」

「か、彼氏ですよね」

「うん。らしいね」

「ちゃんとした人なんですかね」

なんでそんなこと聞くの？　という顔をした春子に、純平があわてる。

「あ、おかしいですよね、父親でもないのに気になって。すみません、今の、忘れてください……すみません、本当」

春子は、あせる純平をフォローするため、逆にからかい口調で言った。

「妹の結婚式から、友だちの子供の世話から、マンションの下見から。工藤くんにはいろいろ世話してもらったからねえ……。千春のこと心配する癖ついちゃったのかな」

「そうかもしれないですね」と白い歯を見せる純平の顔をのぞきこむようにして春子が言った。

「旅立つ心残りは、残された娘の未来って？」

「娘って……。一応千春さん、年上ですけどね」

開店前の〈メゾン・フローラル〉に、二人の乾いた笑いが響き渡った。

事件はそれから八時間後に起きた。純平が帰り支度をしていたときだった。

「それじゃ、お先に失礼します」

店を出ていこうとした純平に、外から駆け込んできた瑞希が息を切らせながら言った。

「先輩！」

「どうしたの、そんな息切らして」

「何度も電話したのに繋がらないんだもん」

「あ、ごめん」ポケットを探った純平が顔をしかめた。

「配達いったまま、携帯をバンに置きっぱなしで。何かあった？」

「沢井さんの所に、富岡先生が来てるんです」

「え、富岡って富岡周五郎？」

富岡周五郎は、日本の美術界の大家とされる画家の一人で、特に風景画では世界的な名声を得ている大物中の大物だった。

「それで、沢井さんが、先輩の絵も見せてもいいって。まだしばらく事務所で沢井さんと話してるから、これから持っていきましょうよ」

「あ、でも」

「描けたんですよね。だったら！」

躊躇する純平の袖を引っ張るようにして連れていこうとする瑞希に、純平が足を踏ん張った。

「でも、まだ最初に見せるって……」

純平が飲み込んだ言葉は、千春と交わした約束のことだった。が、瑞希にとってみたらそんなことなど関係ない話だ。

「何を迷ってるんですか。乾いてなくたってなんだって、大丈夫ですから。こんな機会ありませんから」

確かにこんなチャンスはめったにない。しかも、千春にはもう……。しばらく考えた後、純平は腹を決めた。

「うん、そうだね」

「そうですよ、風景画の大家が来てるんだから。先輩が描いたのも、風景なんでしょう？」

「いや、今回は静物画」

「静物画……？」

「野ばらだよ」

二人のやり取りを興味半分で見ていた春子の表情が、純平の口から飛び出した「野ばら」という言葉で一変した。

「そうなんですか」瑞希は一瞬、ガッカリした表情を浮かべたがすぐに気を取り直した。

「それでも見ていただきましょうよ。何か助言なり、もらえるかもしれないから」

「うん」とうなずくと純平が春子を見た。「店のバン、お借りしてもいいですか」

春子が「もちろん」とうなずき、明日乗ってきてくれればいいと付け加えると、二人は口々に「ありがとうございました」と言いながら店を飛び出していった。

店の裏のほうでエンジンがかかる音を聞きながら、春子がボソリと「野ばらか」とつぶやいた。

いつか酔っ払った千春が、純平の絵を取り戻すために押し入ろうとしたギャラリーの事務所。その応接室で純平は大作家、富岡周五郎と対峙していた。

純平が描いた野ばらの絵から顔を上げ、老眼鏡をはずすと富岡周五郎が純平をジロリと見た。

「あまり、時間をかけずに描きましたね」

「ええ」と言葉少なに答えた純平に富岡が断定口調で言った。

「非常に荒削りです」

「…………」

「でも、私は嫌いじゃないですよ」

酷評を覚悟していた純平は思わず富岡の顔を見た。

「これはどなたかを思って描きましたね。誰かをこの絵で幸せにしたいと思って描いたということが伝わってきますよ」

純平はうなずくでも、否定するでもなく、淡々と富岡の次の言葉を待った。

「三年前のコンクール、覚えていますね。僕は審査員として君に厳しい評価をしました。君の絵は、非常に優しくて繊細で。しかし、それだけだった。エネルギーを感じなかった。それが君の絵が人の心を打つところまで到達しない原因でした」

「…………」

「でも、この一枚はそれを克服しています。上手く描こうとしてない。伝えようとしているのがいい」

「ありがとうございます」

「もちろん、まだまだ先は長いでしょうが」

衝立の向こうで二人のやり取りを耳をそばだてて聞いていた、沢井と瑞希が顔を見合わせて小さく笑った。

「壁を一つ乗り越えたってよ」とささやく沢井に、瑞希が「はい」とうれしそうに首をすくめた。

「お前も負けちゃいられないぞ」

「はい」

「ま、でも、よかったな瑞希。こんなに思われて。瑞希のために描いた絵なんだろ」

はい、と答えたくても答えられなかった。どうして野ばらなんだろうかという、違和感のようなものが瑞希の胸の中で徐々に膨らんでいった。

沢井の事務所を出て、純平と肩を並べて歩きながら瑞希がしみじみとした口調で言った。「よかったですね。この一枚で壁を打ち破ったって」

「まだ道ノリは長い、とも言ってたけどね」

「でも、前に進んだ」

「うん。ありがとう。パリに行く自信にもなったよ」

「よかった」と相槌を打ってから、ふと瑞希が真顔になった。

「誰かを幸せにしたいと思ってる絵だって……」

「…………」

押し黙る純平に、瑞希が硬い笑みを浮かべて言った。

「沢井さんに、『よかったな』なんて言われちゃった。『お前のために描いた絵なんだろ』って」

二人の間に気まずい沈黙が訪れた。

「先輩」瑞希が先に口を開いた。「どうして野ばらなんですか」

「いや……」

純平にはとっさに上手い口実が思い浮かばなかった。が、そもそも言い訳をしたいとも思わなかった。

人通りの少ない夜道に二人の足音だけが響いていた。

●

その日の夜、春子は帰宅してきた千春に昼間の出来事の話をした。

瑞希が、偉い美術家の先生が絵を見てくれると言っている。いいチャンスだから見せに行こうと、半ば強引に純平を沢井の画廊に連れて行ったと聞いて、千春は素直に感心した。

「そうだったんですか。さすが瑞希さんですね」

「純平君が描いたの、野ばらの絵みたいだよ」

心臓がドキリとしたが、千春は平静を装い「そうなんですか」と答えた。

「千春に見せたくて描いたんじゃないかな」

「……そんなことないですよ」

――もしまた描くことがあったら、最初に千春さんに見てもらいたいと思います。

あの純平の言葉が、千春の頭の中で虚しくこだまする。

「でも」

なにか言いかけた春子をさえぎった。

「そんなことないです。だって、瑞希さんに見せたんだから。最初に見せたのは、私じゃないんだから」

サバサバした口調でそう言うと千春は、「あ、そうだ、明日のお米、炊いておこうっと」と言い残し、キッチンのほうへ行った。

朝、春子が出勤してくるなり純平が、いま谷川教授から電話があったことを告げた。庭の打ち合わせのことでなにか言っていなかったかと聞いた春子に、純平は首を振って、谷川が大量のリンドウを注文してきたのだと言う。

メモにあった送り先の住所は、母親が住むあの介護施設ではなく、谷川の実家になっている。なにかあったのかもしれない……。

これから自分が配達に行ってくるという純平に、春子は自分が行くから店番のほうを頼むと言って、純平から営業車のカギを受け取った。

ここ一週間ほど、谷川からの連絡が途絶えていたので気がかりだったのだ。

クルマのカーナビが、目的地に到着したことを告げた。

地図が示す場所を見ると、そこは一軒の古い屋敷だった。

門に掲げられた『谷川』の表札の下に「忌中」と筆書きされた紙が無造作に貼られている。

ためらいがちに呼び鈴に手を伸ばしたとき、縁側の扉が開いてそこから谷川が姿を現した。

「桐島さん!」と声をかけてきた谷川は、黒いスーツの喪服を着ていたが、掃除でもしていたのか、ズボンの裾が膝のあたりまでめくり上げられていた。

縁側に置いた籐椅子に並んで腰を下ろし、二人は雑草で覆われた谷川邸の庭を眺めた。

軒先に並べたバケツに入れた青紫のリンドウを眺めながら、谷川があらためて言った。

「母が亡くなりましてね」

「それで最近……」

「すみませんでした。母のこと、お知らせしようかどうか迷ったんですが」

「いえ、そんな……ご愁傷様です」

「僕は何にも親孝行できなかったから、せめてこの家から送り出してやろうと思いましてね……それで、リンドウで祭壇を飾ってやろうと……」

「そうですか」

「遺書が出てきましてね」

「遺書？」

「ええ」とうなずくと谷川は、母が自分が死んだら、葬式のときには、夫がプロポーズのときにくれたリンドウの花で送ってほしいと書いてあったことなどを話した。

「驚きました」谷川が続けた。

「僕が子供の頃から、両親はいつもケンカばかり。子供心に、相性のちぐはぐな二人が結婚なんてして不幸なものだ、なんて冷めた目で見ていました……。ご存じですか、リンドウの花言葉」

「いえ……何でしょう？」

「あなたにずっと寄り添います」

「あなたに寄り添う……」

「ええ……。元は他人だった二人が、共に生きて行こうと誓い、最期の時まで、相手の悲しみにも喜びにも寄り添い、理解しようと努めていく」

「悲しみにも喜びにも……」

「そうして長い時間をかけて、それぞれのたったひとりの人になっていくのではないかと思います」

「そうかもしれませんね……」

春子は時間が経つのも忘れて、軒先で風にそよぐリンドウの花に見入っていた。

●

その日の仕事帰り、千春は高原を伴って伊勢佐木町を歩いていた。お得意さまの銀婚式にサプライズでなにか花を贈りたいという高原を、〈メゾン・フローラル〉に案内するためだ。

行けば当然、春子と高原は顔を合わせることになる。そのとき、高原のことをなんと紹介すればいいのだろうか。

考えているうちに店の前についた。

深呼吸して店に入ったとたん、それまで考えていたことが全部吹き飛んだ。

なんとそこに母の紀子と妹の千夏が来ていたのだ。

「お母さん⁉」

あ然とする千春に、紀子と千夏が同時に目を丸くした。

「あら、千春」

「お姉ちゃん」

「なんでここにいるの？」と聞いた千春に紀子が、一瞬春子のほうを見て「困った娘でしょ」みたいな愛想笑いを浮かべると、千春に言った。

「なんでって……。今日は、千夏と陽一郎君のお母様と女三人でご飯食べる約束があって、それで挨拶がてらちょっと寄らせていただいたの」

「顔見に来てくださったの」春子がそう言うとカウンターに置いてあったお土産と思われる和菓子の紙袋をひょいと持ち上げた。

「そうなんだ」

千春の言葉にうなずいた紀子と千夏、春子、三人の視線が同時に高原に向いた。

「あ、高原と申します」

千春の後ろにいた高原がピシッと音が出そうなお辞儀をすると言った。

「田中さんとは同じ会社に勤めております。真面目に交際させていただいています」

「あら、そうですか」紀子の声がオクターブ高くなった。

「あの、千春の母です。この子ったら何も話さないものですから。失礼しました」と言ってから千春をにらむふりをした。

「なに、こんな素敵な方がいるんじゃないの」

「いや、ほんの最近のことだから」と照れる千春の耳元で千夏が「真面目に？」とからかう。

「将来のことも考えたいと思っています」高原が言った。「あ、彼女を急かすつもりはありませんが……」

「まぁ。ふつつかな娘ですがよろしくお願いします」

深々とお辞儀する母親にならって「お願いします」と千夏が続けた。

「こちらこそ、お願いします！」

その場の空気をほぐすように、千春が言った。

「あ、ねぇ。食事何時から？　陽一郎君のお義母さん、お待たせしたらいけないんじゃない？」

「あ、まぁそうね……」

不本意そうではあるが、紀子がうなずく。

「高原さんも次はご一緒にお食事でも」と千夏。

「あ、はい。ありがとうございます」

お辞儀する高原の横で手をひらひらさせる千春を、紀子が「なんで言わなかったの」というような目でひと睨みすると店を出て行った。


「すみません、まさか母や妹が来てるとは思わなくて」

頭を下げる千春に、いやいやと高原が首を振った。

「思いがけずご挨拶できて嬉しかったよ……。それと店長さんにも」

さわやかな笑顔の高原に春子は手のひらを向け「あ、いえ、私にはそんな」と言うと、首をかしげて聞いた。

「あの、それでお祝のお花でしたっけ……？」

「はい。お得意様が銀婚式の記念旅行に出かけられまして……。ご旅行から戻られたときにサプライズでご自宅にお花を届けたいなと思って……」

「それは素敵ですね」

「銀婚式らしい花ってあるんですかね」と聞いた千春に、春子が人差し指を立てた。

「あ、リンドウをメインにアレンジするのはどうかな」

「リンドウ？」

「リンドウ、ですか」

「はい。今日、素敵な花言葉を聞いたんです。長年連れ添ってらっしゃるご夫婦にはぴったりだと思いますよ」

そう言うと春子は、さっき書いたばかりの花言葉のカードをポケットから出してリンドウのバケツにつけた。

「へえ、どんな花言葉なんですか」

カードをのぞき込んだ千春の顔に浮かんでいた笑みが、かすかに引いていくのを春子は見た。

――花言葉「あなたの心に寄り添います」

●

噴水公園のベンチに純平と並んで腰を下ろしながら瑞希が聞いた。

「何ですか、話って……」

ひとつ大きく息を吸い込むと純平が切り出した。

「河野のこと、昔からずっと好きだった。後輩だけど、尊敬してたし、憧れる気持ちもあったと思う」

「なんですかそれ。急に呼び出したと思ったら」

「感謝してる。本当に。僕の才能を信じて、引き上げてくれようとして……」

「やだな、なんか急に。お別れの挨拶みたいですよ」

無理に笑おうとする瑞希から目をそらし、純平が続けた。

「でも……」

「分かります……その先は、言わないでください」

「…………」

「野ばらを、誰に向けて描いたのか……。私に、じゃないんですよね。判りますよ、それくらい」

「ごめん……」

「謝らないでください」

「ごめん」

「自分でも気づかないうちに、心が勝手に違うほうを向くなんてよくあることですから。謝らないでください」

消え入りそうな声でそう言った瑞希に、それでも純平は謝らずにいられなかった。

さっき花瓶に活けたばかりのリンドウを眺めていた春子に、「ただいま」と千春が声をかけた。

「おかえり」

「さっきはお騒がせしてすみませんでした。閉店間際に色々と……」

「ううん。それはいいんだけど……。高原さん……」

「いい人でしょう……？　話も合うし、仕事の価値観も合うし、旅行の趣味も合うし、同僚にもお似合いって言われるんです。今日、母にあんなところで会ったのは驚いたけど、まあそれもご縁かなって——」

千春が言い終わらないうちに、春子が「ごめん」とさえぎった。

「余計なことかもしれないけど。やっぱり、自分の気持ちをごまかすのは止めたほうがいいと思う」

コートのベルトに手をかけたまま、その場で立ち尽くしている千春の目をじっと見て春子が言った。

「千春が本当に好きなのは工藤君だよね」

「……違います」

「違わない」

「私が好きなのは、高原さんです。私たち、お似合いだと思うし、たった一人の特別な人をやっと見つけたんです」

「好きになった人と結婚するんじゃなかったの?」

「だから高原さんを好きなんですってば」

「千春にとって、特別な人は工藤君だよ。工藤君にいつも思いが向かってるじゃない。彼の痛みにも喜びにも、本当はずっと寄り添いたいって思ってるじゃない」

春子の言葉に千春は強く首を振った。

「そんなこと、思ってません」

「じゃあ、なんであのとき泣いたの……? 高原さんとおつき合いするって決めた日」

「……それは、安心して」

「そんな涙じゃなかった。あの涙は、工藤君のことを思ってたよね。思いを断ち切ろうとした涙だよね」

図星を突かれて返す言葉のない千春に、春子が言った。

「自分の思いを無視したら、後悔するよ」

春子の視線から逃れるように、足元に目を落として千春がぽつりと言った。

「春子さんは、残酷です」

「…………」

「春子さんは何でも分かってて。冷静で、取り乱したりしないし。弱み見せないで、いつも正しいこと言って」

「……べつに正しくなんか」

「みんながみんな、春子さんみたいに強くない。私は、もう失恋なんかしたくない。純平くんには瑞希さんがいるんですよ。私はただ、幸せになりたいんです」

「でも、まだ思いを伝えてもないじゃない？」春子がとりなすような口調で言った。

「工藤君だって、本当は千春のこと……」

「思いを伝えて気まずくなるくらいなら、このまま友達として別れたほうがずっといいです」

「そんな」

言葉を失う春子を、千春がキッとなって見た。

「春子さんは、あの上司の人への思いを大事にして、自分の思いに忠実に生きるために、結婚しない選択をしたんですよね」

「……………」

「私、春子さん見てて思うんです。春子さんみたいになりたくない。どんな寂しさも一人で抱える癖がついて、弱みを誰にも見せられなくて、強がって。そんな鎧だらけの女性にはなりたくない！」

怒りの目を向ける千春に、春子は思わず右手を振り上げていた。が、殴ることはできなかった。ゆるゆるとその手を下ろすと、春子が言った。

「強がってても、鎧だらけでも。それが私の生き方なの。いつも流されて、人に甘えてきた千春には分からないだろうけど」

シンと静まり返った部屋で二人の視線がぶつかる。

千春が感情を抑えた口調で言った。その声はかすかに震えていた。

「甘えるって、そんなに悪いことですか？　ひとりで立ってるのがそんなに偉いんですか。春子さんは完璧だから、ダメで弱い人間の気持ちがわからないんです。私は人に甘えたいし、甘えてもらいたい。誰かと分け合って生きていきたい」

しばらくの間があって、春子が言った。

「考え方の違いだよ……。出てってくれるかな」

千春は春子の脇をすり抜け、自分の部屋に行って荷物を無造作にまとめると、赤いリボンのついた部屋のカギを棚の上に置いてから春子に「お世話になりました」とお辞儀して、そのまま部屋を出て行った。

第十一章

「どうしたのよ、こんな時間に……」

チャイムの音で紀子が玄関のドアを開けると、両手に大きなカバンを二つもぶら下げた千春が立っていた。

「千春……！」

目を丸くする紀子にバツが悪そうに千春はそそくさと靴を脱いだかと思うと、そのまま、二階の自分の部屋に上がっていった。

久しぶりの自分のベッドの感触。大の字になって天井を見ながら、フーッと大きなため息をついた千春に、紀子が心配顔で聞いた。

「どうしたの、高原さんとなにかあったの？」

「ううん」千春は天井を見たまま首を横に振った。「なんにもないよ」

「春子さんと喧嘩したとか……？」

「喧嘩っていうか……まあ、見解の相違というか、価値観のズレ……みたいな」

「なにわけわかんないこと言ってんのよ、もう」紀子が苦笑して言った。「で、どうすんの千春？　今日は泊まってくんでしょ」

「そう……だね……」

二人の声を聞きつけ部屋に入ってきた千夏が「お姉ちゃん、あのさ」となにか言いかけて、ベビーベッドのバッグに気づいて口を尖らせた。

「やだ。そこ荷物置場じゃないんだからね」

「大丈夫だよ」千春が言い返す。「ビニールカバーがついてるんだから……」

「もう、お母さん！」

「わかったよどかすよ」

よっこらしょとベビーベッドの荷物を床の上に下ろす千春に、紀子が言った。

「ねえ、高原さんっていい感じの人じゃない。背も高いし、ハンサムだし……。あれから千夏とも、『お姉ちゃんにしては上出来だよね』って話してたのよ」

千春が二人をジロリと見た。

「『お姉ちゃんにしては』ってなによ」

「って言うかさあ」千夏がニヤニヤ顔で言った。「このあいだのお見合い相手の人、浅井さんだっけ？　あの人より高原さんのほうが数十倍ステキだよ」

「さんざん、『もったいないことした』『あんなチャンスは二度とない』って電話で私のこと責めてたくせに」

「あれはさあ、お姉ちゃんに婚活をもっと頑張ってもらおうと思って……」

「まあ、まあ、いいじゃないの」二人を取りなして、紀子が聞いた。

「ねえ、千春。高原さんって、ご出身はどちらなの？」

「やっぱりそっち？」

千春は、ひとつため息をつくと、高原が千葉県の出身で、サラリーマン家庭の次男で、東京の一流私大卒で、正社員で……といったことを真里子からの情報も交えて説明した。

「もう、絶対決まり」と千夏が千春の肩をポンと叩いた。「今度は逃しちゃだめだよ、お姉ちゃん」

千夏の言葉に「そうそう」とうなずきながら、紀子が言った。

「千春、もう、春子さんのところはいいんじゃない？　お母さん、あなたがお嫁に行くときはこの家から行ってほしいのよ」

「そうだぞ」

突然の父の登場に「お父さん！」と三人が声をそろえて卓を見た。

ひとつ咳払いをして部屋に入ってきた卓が言った。

「こんな近くに実家があるのに、なんで赤の他人の家に居候なんかしてるんだろうって、向こうの親御さんにだって変に思われるしな。明日から、会社へはちゃんとうちから通いなさい」

「みんな、ちょっと待ってよ」千春が言った。「まだ結婚するって決まったわけじゃないんだし」

「なに言ってんのよ、お姉ちゃん」と言って、千夏が千春の顔をマジマジと見た。

「結婚する気もない人が、相手の親に向かって『真面目に交際させていただいています』とか言うと思う？『将来のことも考えたいと思っています』なんて言わないよ、ふつう……。お姉ちゃんさえ、その気なら、もう結婚一直線でしょ」


誰もいなくなった部屋で、ひとりベッドに入ったとたん千春の脳裏をさまざまな思いがよぎっていった。

春子は、純平に自分の本当の気持ちを正直に伝えるべきだと言った。春子は、それをしないのは「ごまかし」だと言った。

たしかに千春にも純平に本心を伝えたい気持ちはある。でも、これから別の女と二人きりで外国に行って同じホテルの部屋で住もうとしている男に、告白なんかしてどうなるというのか。

断られてもいいからそうすべきだと春子は言うかもしれない。確かに、自分の気持ちを告白して、それで断られたらきっぱり諦めもつくだろう。でも、人生にはそうやって白黒つけなければいけないことと、つけなくてもいいことがあるように千春は思う。白黒はっきりしていないと嫌だという人もいれば、そんな世界は息苦しい、曖昧なことは曖昧なままでいいという人がいる。当たって砕けろ、なんてよく言うけど、砕けてもまた元に戻れる強さがある人はいい。でも、自分は砕けたらもう元に戻れる自信はない。

この世界にはやりたくてもできないことなんか山ほどある。と言うより、やりたくてもできないことがほとんどだ。やりたかったけど、出来なかった。それの繰り返し。人生はそのやれなかったこと、できなかったことを自分でどう納得して、どう決着をつけていくかということ。それが人生というものではないかという気がする。

考え方の違いだと春子は言った。その通り。考え方が違うのだ。

純平のことは忘れて、両親や妹の言うとおり、高原さんとのことを考えよう。だから、もうくよくよ考え悩むのはよそう。

何度もそう自分に言い聞かせて目をつむるが、窓の外が明るくなるまで眠りが訪れることはなかった。

翌日、千春は久しぶりに自分ではなく、母が作った味噌汁と焼き魚の朝食を摂って会社に行った。

会社で会った高原は、昨日の思いがけない出会いのこともあってか、いつも以上に親しげに笑いかけてきた。

新しいプロジェクトがスタートし、そこでも千春は高原のサポートにつくことになった。

千春の携帯のバイブがメールの着信を知らせたのは、夕方のプロジェクト会議が始まって三十分ほどたった頃だった。ディスプレイに表示された「春子」という差出人の名前を見たとたん、千春の心臓が高鳴った。

——昨日は、私が言い過ぎました。ごめんなさい。だから帰ってきて。

もしそんなメールだったら、どう返事しようかな、などと考えているうちに会議が終わった。

しかし春子からのメールはまったく予想外の内容だった。

工藤くんがパリ行きを取りやめるそうです
知っていて教えないのはフェアではないと思い
いちおうメールしました
余計なお世話だったらごめんなさい

たったそれだけ。いかにも春子らしいメールだったが、インパクトは十分だった。

いったい純平になにがあったのだろう。

どういうつもりでパリに行くのをやめにしたのだろう……。

「田中さん、どうした？」

ふと我に返ると、高原がけげんそうに千春を見ていた。

「えっ、なにがですか？」

「いや、なんか携帯握りしめたまま動かなくなったからさ」

「あ、いや、別になんでもありません」

「そう、なんか悪い知らせでもあったのかと思って……。今日、仕事終わったらどっかメシでも食いに行く？」

「あ、ごめんなさい。今日はちょっと予定が入ってるんで……」

千春はとっさに嘘をついていた。

その夜、千春は純平と連絡をとっていつもの噴水公園で会った。

純平は少し遅れてやってきた。

「パリに行くのやめたって本当?」

ベンチに腰を下ろすなり、切り出してきた千春に、純平は「ええ」とだけ返事した。

「どうして? せっかく絵が描けたって言ってたのに」

「僕じゃなくて、河野が言ったんです」

「まあ、それはそうだけど……」

「最初に千春さんに見せるって言ってて、見せなかったことについては謝ります」

「私はなにも純平くんに謝られるような立場じゃないから……」

そう言って純平を見た千春から、純平がふと目をそらした。

「…………」

ぎくしゃくとした空気が流れる中、千春が言った。

「私が聞きたかったのは、どうしてパリに行くのをやめたのかっていうこと」

「それは……」

そう言ったきり黙りこくる純平に千春が言った。

「私は、自分自身、何かやりたいことがあっても、途中で人に流されたり、甘えたり、妥協したりして最後までやりとげられない人間だから、人に偉そうに言えた立場じゃないっていうことはよくわかってる。でも、純平くんはそうじゃない。やりとげるべきものを持ってる人だと思うの……」

「…………」

「純平くんは、私にとっての希望なの。だから……」

「千春さんがそう言ってくれるのはありがたいと思います……。でも、僕はそんな立派な人間じゃない。だから、僕のことなんかにかまわないで、千春さんは千春さんで自分の幸せをつかめばいいじゃないですか」

純平のそのどこか突き放したような口調は、いつもの純平とは違っていた。もしかして、純平は自分に対してなにか怒っているのだろうか……。そんな思いが千春の頭をかすめる。

「私の幸せって言われても……」

「千春さんは、僕のことなにか勘違いしてるんです。千春さんは、僕が絵を描くことしか頭にない人間だと思ってるかもしれないけど、そうじゃない。僕だってひとりの人間っていうか、男として……」

「…………？」

「もう、いいです。忘れてください」

それだけ言い捨てると、純平はベンチから立ち上がり足早に公園から去っていった。

●

一方、春子はその日の夕方、谷川と山手のレストランで会っていた。

母親の葬儀も無事終わって一段落したので、庭の設計について打ち合わせをしたい。仕事の性質上、春子の職場ではまずいと思うので外で食事でもしながらどうでしょうか、という谷川の誘いに応じたのだ。ふだんの春子なら、お茶で十分です、というところだが、昨日の千春とのいさかいのこともあったので、少しばかり人恋しくなっていた。つまり谷川にとっては、この日はまさにベストタイミングだったわけである。

ワインの酔いも手伝ったのか、その日の春子はいつもより少しだけ饒舌だった。

「あんなに世話のやける子をうちに引き入れたのも、やっぱりどこか自分が寂しかったからなんだろうなって……」

ロウソクの光で黄金色に輝くグラスのワインに目を落とす春子に、谷川が言った。

「みんなが完璧だったら、人間関係なんて成り立たないんじゃないでしょうか。人間というのは、そうやって自分に足りないものを互いに補い合えるように、神様がわざと欠陥だとか欠点を与えてるんじゃないかなってときどき思います」

「じゃあ、私の欠点ってなんだと思います？」

「難しい質問ですね。そうだなあ……完璧なところ？」

「それじゃ答えになってませんよ」

「いや、完璧であることも、ひとつの欠点ですよ。だから、この世界に欠点のない人間は存在しないんです」

「なんだか煙に巻かれたような気がしないでもないけど」春子はそう言って小さく笑うと、ふと寂しげな表情を浮かべた。

「千春にも言われました。春子さんは完璧だから、ダメで弱い人間の気持ちがわからないんだって……。もしかしたら、本当にそうなのかもしれません。私は完璧じゃないけど、完璧であるべきだっていう思いがいつもどこかにあって……」

「春子さんは、この世界に完璧な花ってあると思いますか？」

「完璧な花？」

「そう。この世で誰が見ても百パーセント美しいと感じる、理想の花です」

「……それは見る人それぞれだから」

「そう。だから、春子さんが考えている完璧と、その千春さんが思う完璧は違うかもしれない。いや、きっと違うはずです」

「なるほど……」

「だから、自分が目指している完璧なんて、この広い世界から見たら、取るに足らない小さなもんだって考えたら、少しは気が楽になるんじゃないんですか？」

「ええ……。でも、十歳も年下の子に、あんなに辛辣なことを言ってしまったことは後悔しています」

「きっとその人だって同じですよ。向こうも後悔していると思う。ということは、互いに歩み寄れたっていうことですよ」

「だといいんですけど……」

「寂しいんですか？」

「いまはちょっと。でも、またすぐに慣れると思うし……」

そう言うと、春子はふと思い出したように「あ、そうそう」とバッグの中から、デザインブックを取り出して谷川に見せた。

「仕事の話に戻りますけど」

谷川はおかしそうに小さく笑うと、「はい、そうでした」と前に身を乗り出した。

●

純平と公園で会ってから二日後、そろそろ終業時間という頃のことだった。書類の束を手に千春の席にやってきた高原が仕事の話をした後でふいに千春に耳打ちして言った。

「今日、お母さんが電話かけてきて、今度の週末うちに遊びにきませんかって」

「えっ……。いつ？」

「だから週末」

「じゃなくて、電話があったの」

「昼間、君が鈴村さんたちとランチ行ってるとき」

「田中ですっていうから、どこの田中さんかと思ったら君のお母さんで……」

千春に任せておくと話がまったく前に進まないと思った紀子が強硬手段に出たらしい。

「で、田中さんはどうなの？」

「えっ、私は……だいじょうぶですけど」

「じゃあ、決まりだ」

そしてその週の日曜日、高原が千春の家に来ることになった。

駅まで迎えに行くと言ったが、高原はネットで調べていくからと言って、けっきょくひとりで約束の六時ちょっと前に家までやってきた。

インターホンが鳴ったのは、千春がちょうどオーブンからスイートポテトを取り出そうとしていたときだった。

「はーい」代わりに出たのは母の紀子だった。

マイクに向かって「いま行きます」と返事をすると、キッチンの千春に「お母さん、出るから」と小走りに玄関に向かう。

母ひとりで行かせると、なにを言うかわからない。

千春はスイートポテトをそのままにして、玄関へ向かった。

玄関口で、いつもより明るめのスーツを着込んだ高原が、紀子と挨拶を交わしていた。

「いらっしゃい」

声をかけた千春に、高原が「これ」と言って手にしていた花束を差し出した。

「ありがとうございます」と受け取ろうと手を出して、千春は初めて自分が手にオーブン用のミトンをつけたままだということに気づいた。

「あ、ごめんなさい」

あわててミトンをはずし、花束を受け取ろうとしたときだった。千春の手から、花束が滑り落ちて玄関の床の上にバサリと音を立てて落ちた。

「まったくこの子ったらあわて者で……」

花束を拾い上げた母の紀子が「まあ、きれいなお花」と嘆声を上げた。

「その赤い実みたいなのがココリオっていう、オランダの花らしいです」

高畑が答えるが、二人の会話はほとんど千春の耳には入っていなかった。

千春の目は、花束からこぼれ落ちた赤い実に釘付けになっていた。

高原に唇を奪われたあの夜、エントランスで目にした光景が、千春の頭に鮮明に蘇ってきたのだ。

エントランスの床に落ちていた野ばらの赤い実……。

もしかして、あのとき純平はあの場にいて、高原が自分にキスをしたところを見ていたのでは……。

思わず「あっ」と叫びだしそうになり、千春はあわてて自分の口を手で押さえた。

それからの二時間はほとんどうわの空だった。

両親はもちろん、妹夫婦も加わってにぎやかな夕食となったが、千春はほとんど聞き役で、みんなに合わせて笑っているのが精一杯だった。が、そんな千春を、紀子や千夏は高原が家に遊びに来てくれたことがあまりに嬉しくて、舞い上がってしまっているのだろうと勝手に解釈してくれた。

用意した料理が出尽くした頃、紀子がふと思い出したように言った。

「そういえば、千春。デザートは……」

母の言葉で千春は「あっ」と口を押さえた。

「いけない！　オーブンに入れっぱなしだ！」

あわててキッチンへ向かう千春の背中で大きな笑い声が起きた。

タイマーをかけていたのでそんなに問題はないはず……。

オーブンの蓋を開け、表面が少し焦げたスイートポテトを見たとたん、千春の目から涙が溢れだした。いくら止めようとしても止まらなかった。

春子のマンションでパーティーをしたときの、純平の表情や声がありありと蘇ってくる。

――大丈夫ですよ、このくらい……。この焦げたところが美味しいんじゃないですか、スイートポテトは……。

――実は、僕の大好物なんです、スイートポテト。

千春は、そばにあったキッチンペーパーで涙をぬぐった。何度か大きく深呼吸しているうちに、背中で春子の声が聞こえたような気がした。

——自分の思いを無視したら、一生後悔するよ。

千春は大丈夫というように「うん」とうなずいて、みんなのいる部屋へ戻った。

手ぶらで部屋に入ってきた千春を見て、「あっちゃー、やっぱりダメだったか」と言って父の卓が額を手のひらでパチンと叩くと、また大きな笑いが起きた。

「千春！　あなたなにも泣かなくたって……」と眉を八の字にする紀子に「そうじゃないの」と首を振ると、千春は高原を見た。

「ごめんなさい、高原さん……私、高原さんに言ってなかったことがあって……」

その場にいた全員が、時間が止まったように身体の動きを止めて千春を凝視した。

「じつは私、まだ自分の思いを伝えられていない人がいて、それをちゃんと伝えてからじゃないと……あの……もちろん、高原さんのことを軽く見てるとかじゃなくて、ていうより好きなんだけど……そういうことちゃんとしてからじゃないと……」

「ちょっと、千春！　高原さんに——」

叱りつけようとする紀子を高原が止めた。

「いいんです、お義母さん……は、ちょっと早かったですね」と言って小さく笑うと高原が言った。

「僕もうすうす気がついてました。どこか彼女に断ちきれてない気持ちがあること」

「高原さん……あの、私……」

「僕も男だし、ぜんぶ言わなくてもわかるよ。僕、君の気持ちの整理がつくの待ってるから……。もちろん、ダメならダメでそう言ってくれれば」

「高原さん……」

まだなにか言おうとする千春を、「いいから、いいから」と高原が手で制した。

「ちょっとは僕にもカッコつけさせてくれよ」

千春は黙って高原にうなずくと、その場で凍りついている卓や千夏、陽一郎に向かって深々と頭を下げた。

「ほんとにみんなごめんなさい！」

それだけ言い残して、千春はそのまま家を飛び出していった。

●

噴水公園のベンチで千春は純平を待った。

どうしても話したいことがあるので、何時になってもいいから来てほしい。

純平にそんな内容のメールを送ってから、かれこれ二時間ほどして、純平はやってきた。

寒さと緊張ですっかり血の気の引いた顔の千春をマジマジと見て、純平はどこか店に入ろうと言ったが、千春はここでいいと首を振った。

「どうしたの？」

心配そうに千春の顔をのぞき込む純平の表情はとても穏やかに見えた。

「あのね、私……」

「うん」

さっきからずっと頭の中で繰り返したセリフなのにうまく言葉が出てこない。

「あの、私、まず純平くんに謝らなきゃいけないことがあるの……」

「なに？」

「あの絵のことなんだけど……本当は最初に私のところに見せに来てくれたんだよね
……」

長い沈黙のあと、純平がかすかにうなずいた。

「やっぱり……」

「ええ」

「言い訳するんじゃないんだけど……あ、でもやっぱり言い訳か……。あのとき、私も純平くんみたいに、一歩前に踏み出さなきゃって思ってて、それで仕事すごく頑張って……あの日もね、いま一緒に働いてる人と遅くまで仕事になって……家まで送るよって言われて……それで……」

「わかってます。そんなの雰囲気見ればわかりましたよ、僕だって……」

「…………」

「けど、あのとき思ったんですよね。あ、もう僕の出る幕じゃないなって……」

「…………」

「僕に千春さんのこと好きになる資格なんかないなって」

「え、いまなんて……?」

「僕には好きになる資格がないって」

「そんなの私だってそうだよ。私だってずっと思ってたよ。私には瑞希さんみたいに絵を描く才能も見る才能もないし、パリに連れて行ってあげることもできない。なーんにも純平くんの役に立てない。それどころか、いつも純平くんに助けられてばっかりで……しかも、私なんか三つも年上のなんの取り柄もないオバサンだし……」

「……そんなの僕だってそうですよ。三十過ぎてもアルバイトで、生活するのがやっとのくせに、いまだに絵描きになるんだなんて夢みたいなこと言ってて……」

「私に比べたら純平くんなんか立派だよ、やりたいことがちゃんとあって……」

「そんなことないですよ。僕のほうがぜったいダメですよ」

「いや……」

「いやいや……」

「ねえ」

「はい?」

「私たち、なにダメ自慢してるんだろう……」

そう言って微笑みかけた千春の顔を真っ直ぐに見て純平が言った。

「僕、千春さんのことが好きです」

「……純平くん」

「会ったときから、大好きです」

「私も」と言いかけた千春の唇を、純平の唇がふさいだ。

氷のようだった唇が純平の体温でゆっくりと溶けていくのを千春は感じた。

あのレストランでの打ち合わせから数日後、すっかり更地となった谷川邸の庭の中央に立ち、設計図を手にした春子が棒きれであちこち示しながら、谷川に説明していた。二人が作業着姿なのは、経費節約のために業者を使わずなるべく自分たちの手で庭造りをするということに決めたからだ。

「いいですか。草花は後々の手入れのことを考えて植えるのがコツなんです。たとえば背の高い植物は奥、手前にくるほど背の低い植物を植えると、メンテナンスしやすいし、見た目のバランスもいい」

「なるほど、集合写真を撮影するときと同じ要領ですね」

「さすが教授、飲み込みが早いですね」

「いやいや、それほどでも」と、谷川が鉢巻をした頭に手をやったとき、表のほうでクルマのドアが開く音がした。

「あ、工藤くんが来たみたいですね……」

春子の言葉通り、それからしばらくして大きな木箱を抱えた純平が庭に入ってきた。

「ダイアンサスとクリスマスローズ、持って来ました」

「おお、すごいな。ここだけ春が来たみたいですね」と谷川が笑った。

「教授、いまの聞いてました？　ク、リ、ス、マ、ス、ローズですよ」と真顔で指摘する春子に、純平が「あのう、もうひとつ『春』を連れてきたんですけど」と言って誰かを手招きした。

見ると、庭の入口に照れくさそうな顔をした千春が立っていた。

縁側に四人並んで腰掛けてお茶を飲みながら、春子が隣の千春をにらむふりをして言った。

「まーったく音信不通になったと思ったら、あなたたち、そういうことだったわけね」

「すみません。隠すつもりはなかったんですけど」と首をすくめる純平に春子が言った。

「工藤くんが謝ることないわよ」

「自分の思いを無視したら、一生後悔するよ」千春が春子の声真似をして言った。

「なにそれ」と春子。

「春子さんが言ったんじゃないですか」

「そうだっけ？」

千春がペコリと春子に向かってお辞儀した。

「春子さんのおかげです」

「ありがとうございます」と、千春にならって純平が頭を下げたとき、純平の作業着のポケットで携帯が鳴り出した。

「はい、もしもし……。えっ」

純平の顔からみるみる血の気が引いていった。

「どうしたの?」

「さっき沢井さんの画廊で火事があって、河野がひどい火傷を負って救急車で運ばれたって……」

「そんな……」

「……はい……わかりました。僕もこれからすぐにそっちに向かいます」

●

電話を切るとすぐに純平は千春と共に、瑞希が搬送されたという横浜の国立病院に向かった。

集中治療室前の待合室に行くと、長椅子に座り組んだ足の先をいらだたしそうに揺らしている沢井がいた。

純平が「沢井さん」と声をかけると、沢井は疲れきった表情で「やあ」と答えた。

「河野のご両親は？」

「いま、カナダに旅行中らしいです。さっき、連絡が取れました」

なにがあったのかという質問に、沢井は言葉少なにそのときの状況を語りはじめた。

「年末に向けての在庫整理だとか、いろいろあってね、彼女にそれ手伝ってもらってたんだけど……僕が画材やなんかを入れてある倉庫の……君も知ってるでしょ、画廊とは別棟の……あそこで不要品なんかの仕分けをしてるときに、間違って火出しちゃって……ほら、油絵の溶剤とかがあるから、あっという間に火が広がっちゃってね」

「そこに河野がいたんですか……」

「いや」と沢井は首を横に振った。

瑞希は、別の部屋で展示品の架け替え作業をしていてなんの危険もなかったのだが、倉庫に火が回ったことを知るなり、周りの制止を振り切って建物の中に入っていった。そこに保管してあった、純平の絵を取りに行こうとしたのだ。

火の周りが早くて、誰も瑞希を助けにいけず、純平の絵を抱えて瑞希が転がるようにして建物から出てきたときは、意識がもうろうとしていたということだった。

どうして純平の絵が「倉庫」にあったのかと尋ねた千春に、沢井は、例の絵をパリに送るための梱包の準備のために置いてあったのだと答えた。

「それで、河野のいまの容態はどうなんですか」

「命に別状はないそうです……。でも、絵筆がまた持てるかどうかは……」

純平が瑞希に会えたのは、それから半日近くたってからのことだった。

現場検証の立ち会いがあるので、病院に残ったのは純平と千春だけだったが、二人で相談して、病室の中には純平ひとりで入ることにした。

部屋に入って行くと、瑞希は透明なビニールでできた酸素テントの中に寝かされていた。

足音を立てたつもりはないのに、眠っているはずの瑞希が目を開けた。

「先輩……」

その上半身は右手を中心に半分近くが包帯で巻かれていて、見るからに痛々しい姿だった。

「河野……たいへんだったね」

「ごめんなさい……私、先輩の大切な絵を……」

「いいんだよ。気にしなくて」

「ほんとにごめんなさい……」

「いいってば」

「……私、もう描けないかもしれない」

「だいじょうぶだよ、きっとよくなるって」

「ねえ、先輩、ずっと一緒にいてください……」

「……わかった」

「ありがとう……先輩」

病室の外で待っていた千春の耳にもそのやり取りは届いていた。

できれば聞きたくなかったが、病院の中はあまりにも静かだった。

第十二章

「えっ、あれ……？」

カウンターの端末機に向かいチケット手配の作業をしていた真里子が、キーボードを叩く手を止めて首を傾げた。

「どうした？」と聞いた千春に、真里子が周囲を見回してからグッと声を落として言った。

「千春さんと純平さんって、晴れてカップルになったんですよね……？」

「え、いや……まあ」

千春は、曖昧にうなずくだけで返事を濁した。

火事で瑞希が入院したあの日、二人の間で交わされた言葉を聞いてしまった以上、千春はもう純平との間を深めようという気にはなれなかった。どう考えても、自分の命を懸けてまで純平の作品を守ろうとした瑞希にはかなわないと思ったからだ。

「だったらこの予約、きっとキャンセルですよね」

そう言って真里子が指さしたモニターの予約画面を見ると、東京発パリ行きのチケットが二枚——瑞希と純平の名前で押さえられていた。

「キャンセルの必要はないと思うよ」

「ええぇっ、なんでですか？　この二人をみすみすパリに行かせちゃうんですか」

千春は、腰をかがめて真里子にことのあらましを話すことにした。変な噂が広まっては困ると思ったのだ。

瑞希の火傷に責任を感じた純平が、毎日のように瑞希の病院を見舞っていること。もちろん純平への気持ちは変わらないが、自分にはその二人の間に割り込む気持ちはないことなどを千春から聞いても、真里子は、まだ納得できない様子だった。

「そんな……純平さんが火をつけたわけでもないのに」

「人の気持っていろいろだから」

そう言って真里子の肩をポンと叩いたとき、千春の携帯がメールの着信を知らせた。

メールは当の純平からだった。


話がしたい。

8時にいつもの公園で。

ここで純平と会うのはいったい何回目だろう……。

このベンチの上で泣いたり、笑ったり、キスをしたり……。いろんなことがあった。

地面を蹴る靴の音ですぐに純平だとわかった。

「ごめん。待った？」

「ううん、大丈夫」

千春の隣にドカッと腰を下ろすと、純平がハアと大きく息をついた。

「なんだか、変な感じだよね、いまの僕たち」

「変、だよね……宙ぶらりんっていうか」

おそらく純平は、別れを切り出すのだろうと千春は思った。

これからは瑞希と一緒にいてやらなければならないから……。

純平からは、言い出しにくいに決まっている。

言い出しかねている純平の代わりに、千春は一度ぐっと唇を嚙むと思い切って言った。

「こないだは、二人ともなんか盛り上がってあんなふうになっちゃったけど……私、やっぱり高原さんと結婚する」

「………」

「これからの生活のこと考えたら、お互い、それが一番なんだよ」

「だから、私のことは気にしないで、瑞希さんとパリに行ってあげて」

「千春さん……」

「パリだったら、純平くんの絵、わかってくれる人がたくさんいるよ」

千春はこぼれそうになる涙を抑えようと、ベンチから立ち上がって空を見上げた。

いつか見たのと同じ形の三日月が噴水池の上に浮かんでいた。

ひとつ深呼吸して千春が最後のひと言を口にした。

「純平くん……瑞希さんと、幸せになってね」

●

小さな児童公園のフェンスに背をもたせながら春子が言った。

「純平くん、うちの店、辞めることになった」

「そうですか……」

「辞めて、パリに行くことにしたって」

バイクで送ってもらったことは何回もあったけれど、春子がこうして千春の職場の近くまで会いに来るのは初めてだった。

「責任感強いからね、彼……。瑞希ちゃんのこと、ぜんぶ自分のせいだと思ってる」

「そうみたいですね」

「千春……大丈夫？」

「私なら大丈夫です」

千春は背中を反らして大きく伸びをして言った。

「もう慣れっこになっちゃいました。実家で『高原さんとは結婚しない』って宣言したときも、両親や妹に泣かれたり、怒られたり、なぐさめられたり……もう、ホントに大変だったんですから」

「そうだったの」

乾いた笑い声を立てた春子を見て、千春が言葉を続けた。

「でもね、私、やっと気づいたんです。私にとって結婚は、寂しさを埋めるものでも、子供を作るためのものでもない。純平くんのそばで、純平くんを支えて生きることなんだって。純平くんと一緒にいられなくなったいま、この先、一生結婚するつもりもないんです」

「千春……いいの？」

「いいんですよ」

「他の誰かじゃ、意味がありませんし。純平くんじゃなくちゃ、ダメなんです」

強がりではない、迷いのないその言い方に、春子は感心したように首をひねった。

初めて会った頃とは、別人のようだ。

「なんだか、千春、ちょっと大人になったねって当たり前か、もう四捨五入したら四十だもんね」

「それは禁句でしょ。でも、人間、つらいことがあると大きくなるもんですよねえ」

そう言って照れくさそうにしていた千春の頭がだんだん下がっていったかと思うと、やがてその肩が小刻みに震えはじめた。

千春の目からこぼれ落ちた涙が、地面の上に点々と黒い染みを作った。

春子が、そっと千春の肩に手を回しゆっくりと抱き寄せた。

赤ん坊にするように優しく背中をさすってやると、千春のすすり泣きがやがて嗚咽に変わった。純平の足かせにならないようにと、精一杯強がっていた糸が切れたのだろう。

「寂しくなったら、家においで。コーヒーくらい淹れてあげるから」

「……はい」

「寂しさって、片方が癒せるなら半分になるんだよ。知ってた？」

「春子さん……」

「コーヒー一緒に飲もうよ……苦いけどね」

●

閉店後、高原に呼び止められた千春は、資料の束を抱えたまま振り向いた。

「田中さん、ちょっといいかな」

「何ですか?」

「例の企画の件、部長から結果報告があったよ。具体的な交渉に進めるそうだ」

「本当ですか!　やった!」

小さく手を叩いて喜ぶ千春を見て、高原が寂しげな笑みを浮かべて言った。

「それともうひとつ、田中さんにいい知らせがある」

「え?」

「今日、カウンターに沢井さんって人が来てね。チケットの予約名義変更をされたんだよ」

「沢井さんが……?」

「ああ。工藤さんのかわりに、パリに行くことになったそうだ。同行者は、河野瑞希さん」

「……！」千春は、言葉を失った。

「沢井さんから田中さんに伝えてくれって、伝言もあずかってる」

「伝言……ですか？」

「河野瑞希さんが沢井さんのプロポーズを受け入れそうだ。工藤さんの心がどうしても君から離れないことに、耐えられなかったんだろうって」

「え、じゃあ、純平……工藤さんは……？」

「居所までは分からないけど、日本に残っているそうだよ。瑞希さんと別れて」

高原は、「やれやれ」といった様子で力なく笑った。

「しかし沢井さんって人も、酷な人だよな。僕が田中さんにフラれた男だってことを知らなかったとはいえ……」

「高原さん……」

「この年になって、失恋は痛いけど、やっぱり、好きな人には幸せになって欲しいからね。だから田中さんも工藤さんを捜しだして」

千春はすぐに純平の居場所を捜そうとしたが、携帯電話も解約されているし、純平が住んでいたアパートの大家も次の住所は知らないと言った。あとの手がかりとしては、ほとんど寄り付くことがないと言っていた実家しかなかったが、幸い、春子が緊急連絡先として知らされていた実家の所在地を知っていたので、千春は次の休みを使って、純平の実家を訪ねることにした。

新横浜から新幹線で二時間、在来線に乗り換えて四十分。

純平の実家は、広々とした二階建てのちょっとしたお屋敷だった。大きな庭をぐるりと囲むように、母屋と納屋が並んでいる。

千春が、人差し指を立てたまま呼び鈴を押すのをためらっていると、ふいにガラリと玄関の引き戸が開いて中から男が出てきた。

「きゃあっ！」

思わず「きゃあ」と叫んでしまった千春をけげんそうに見ながら男が聞いた。

「ウチに何か、ご用ですか？」

「あ、あのっ、純平くん！　いや、純平さんを……」

「純平？　弟に、何か？」

「弟」というからには、その男は純平の兄に違いない。そう言えば顔も確かによく似ている。いやそっくりだ。

「いえ、あの純平さんが、パリに行っていないと聞いたもので……でも、いまどこにいるかわからなくて……」

しどろもどろで言葉を並べる千春の顔を指さして、純平の兄が言った。

「もしかして……あなたが『千春さん』?」

「え? どうして、名前……」

「やっぱりそうだ」

そう言って笑った純平の兄の頬に、純平と同じ形のエクボができた。


「純平の兄の遼平です。いつも弟がお世話に」

男は、千春を大きな応接間に通してゆっくりと頭を下げた。

「あ、田中千春です。こちらこそお世話になってまして……」

「ふだんは私も東京なんですが、海外赴任が決まって、その関係でちょうど実家に帰ってきたら、純平まで戻ってきていて」

千春に茶菓子を勧めていた遼平がおかしそうに笑った。

「いや、今朝、弟宛にパリからハガキが届きましてね。それを読むなり『横浜に行ってくる』って家を飛び出して行ったんです。そこにそのハガキを置いたまま」

「純平くん、横浜に……？」

「いったいなにがあったんだって、そのハガキ読んでみたら……」

そう言うと、遼平がそのハガキを千春の前に差し出した。

エッフェル塔が描かれたその絵葉書の裏に、いかにも女の子っぽい字が並んでいる。


千春さん、結婚してないみたいですよ。夫から聞きました。

先輩のこと、本当に好きだったから、悔しいけど教えてあげます。

よかったね、先輩。

沢井　瑞希

読み終わるなり、千春ははじかれるように畳から立ち上がって言った。

「すみません……お茶、ごちそうさまでした！　失礼します！」

千春の頭の中には、あの公園しかなかった。

あそこに行けば必ず純平と会えるという確信があった。

その日の噴水公園は、澄んだ冬の空の下、イルミネーションに彩られて一段と美しかった。


ベンチの向こうで、しゃがみこむようにして植込みの花に見入っている人がいた。

「純平くん！」

「千春さん……」

「純平くんパリにいるんじゃなかったの？」

「それは」と口ごもる純平に、千春がくすりと笑って言った。

「今日ね、純平くんのお兄さんに聞いてきたの。純平くんが、横浜に戻ったって」

「兄に？」

「静岡まで純平くんのこと捜しに行っちゃったよ……会いたくて」

「……………」

「私ね、純平くんが幸せならそれでいいって自分に言い聞かせてた。でも、やっぱり私、純平くんのそばにいたい。そばにいて、私が純平くんのこと、支えたい」

千春は顔を上げると、純平の目をしっかりと見た。

「私、やっぱり純平くんが好き」

「千春さん……」

「純平くんと一緒に、生きていきたい」

純平はまるでそれまでの呪縛が解けたように力いっぱい千春をその胸に抱きしめた。

千春の耳に純平の吐く息が温かい。

千春を抱く純平の腕にグッと力がこもる。息が苦しいくらい。

「ちょ……ちょっと、純平くん？」

「千春さん、僕と結婚しよう」

「結婚？」

「うん、結婚しよう」

言いながら純平の腕にますます力がこもる。もう逃がしてなるものかといった感じだ。

「私、結婚しない」

「結婚しない？　なんで」

「純平くん、絵のこと、まだまだ挑戦しはじめたばっかりじゃない。そんな大事なときに、私のこと背負わせたくない」

「むしろ背負いたいよ、千春さんのこと」

訴えるように言う純平に、千春は首を振った。

「いいよ、絵のこと納得できてからでいい。私だって、仕事に燃えてるところなんだから」

「でも、僕だって千春さんのこと支えたい……。結婚しようよ」

「ううん」千春は大きく首を横に振った。「結婚しない」

「結婚しよう」

「結婚しない」

言い合ううちに二人は同時に噴き出した。

「前もあったよね、こんなこと。お互いムキになってさ」

千春が言うと、純平が「そうだね」と微笑み返した。

「千春さん」

純平が千春を、まっすぐに見る。

「いつだっていい。僕が絵のこと、ちゃんとして、千春さんも納得してくれたら……いつか、僕と結婚してくれますか」

純平の腕の中で、千春が、花が開くように笑った。

「……はい」

見つめ合い、抱き合う二人の背景で、噴水が水を噴き上げる。

イルミネーションにきらきらと輝く無数の水滴は、まるで二人を祝福するフラワーシャワーのようだった。

●

「あーあ、結局千春さんに先越されちゃったなぁ、寿退社」

「寿じゃないよ、真里子ちゃん。まだ結婚しないんだから」

終業後、デスクの引き出しの整理をしていた千春が答えた。

そこに森田が、引越し用の段ボール箱を持って現れた。

「結局、純平さんの田舎についていくことにしたんでしたっけ」

「うん。純平くん、地元の中学校で、美術の非常勤講師することになったんだ。仕事しながら、自分の絵を描き続けていきたいって。だから私も、向こうでフリーのツアコンやろうかなと思ってさ。やっぱり、旅行は好きだし」

「そっかぁ。千春さん、最近ほんと勉強熱心でしたもんね。構ってくれなくなって、寂しかったですよ」

そう言ってガクリと肩を落した真里子がぼやく。

「でも、引っ越しちゃったらもっと寂しくなっちゃいますよね……」

そんな真里子を、心配そうに見ている森田の脇腹を千春がつついて目配せした。

(いまがチャンスだよ！)

森田は一瞬、驚いたように目をぱちくりさせたが、すぐにわかったというように小さくうなずいた。

がんばって、というように森田に小さく手を振り、千春は、こっそりと部屋を出た。

「真里子さん」

後ろ手にドアを閉めた千春の耳に、森田の声が聞こえてきた。

――なによ。

ふてくされたような真里子の声。

――寂しいときは、今度から俺、呼んでください。

――森田……？

――俺、真里子さんのこと、好きなんです。千春さんの代わりにはならないかもしれないですけど……これからは、俺がいますから。真里子さんのそばに、ずっと……。

森田は、見事シュートを決めたようだ。

誰もいない廊下で、千春は思わずガッツポーズをしていた。

●

駅前のロータリーにバイクを停めると、春子がリヤシートの千春に声をかけた。

「はい、着いたよ」

「よかったぁ、ギリギリセーフですね」

新幹線の発車時刻が迫っている。

バイクを降りたらすぐに改札からホームへ走れと、千春には言ってあった。春子もバイクを停め、千春の後を追う。

「あのねえ、千春。これからはもう、遅刻しそうでも送ってあげられないんだからね。朝も、ちゃんと早起きするんだよ……って、工藤くんがいれば大丈夫か」

千春は、走りながらヘルメットを脱いだ。

「春子さんこそ、もう私がご飯作ってあげられるわけじゃないんですからね。朝ご飯、ちゃんと食べてくださいよ」

「美容と健康のためにも、でしょ？　言われなくても」

ヘルメットを寄越してくる千春に、春子は笑い返した。


発車時刻が近づいたホームは、大勢の人でごった返している。

千春は新幹線のドアに駆け込もうとして、ふと春子を振り返った。

「……春子さん」

「なに？」

「私、春子さんみたいになれますかね」

「私みたいには、なりたくないんじゃなかったの？」

「もう……。春子さんは、しっかり自分の足で立ってるから、私のことまで支えられたんですよね。私も、そんなふうになれるかな」

思わず顔をほころばせて春子が言った。

「私は、千春みたいになりたいよ」

「え？」

「文句言ったりお説教もしたけど……ぶつかるのを怖がってちゃ、いつまでも一人だし。一人だと、幸せを分け合うことってできないんだよね」

「春子さん……」

「千春と暮らせて、よかったよ」

千春の目から涙がこぼれ落ちる前に、発車のベルが鳴った。

「じゃあ、千春。元気で」

「……春子さんも」

プシューッと音を立てて列車のドアが閉まる。

窓の向こうの千春の顔が、みるみる遠ざかっていったかと思うと、あっという間に列車は春子の視界から消えていった。

駅のホームに立ち尽くしたまま、春子は腕に抱えた二つのヘルメットに目を落とした。

いままではずっと、ひとりだった。

ひとりだったから、こんな寂しさを味わうこともなかった。

騒々しくて世話が焼けて、甘ったれでわがままで……そんな千春から教えられたことが、たくさんあった。

「さて……帰りますか」

春子は自分に言い聞かせるように呟くと、くるりと踵を返し、出口に向かった。

それから数日後、「冬の花が咲き始めたので観にきませんか」と谷川から誘いがあった。

春子は、コーヒー豆を手土産に谷川の家を訪れた。植栽した時の計画通り、庭には様々な花が咲き乱れている。

縁側で春子が庭を眺めていると、コーヒーを載せた盆を手にした谷川がやってきて言った。

「まったく見事に仕上がりましたね」

「ありがとうございます。夏になれば、あのあたりにリンドウが咲きますよ」

「それは楽しみだ。なんというか、いいものですね。思い入れのある花というのも」

「ええ。谷川さんのご両親も、素敵です。生涯お互いのことを思われて」

「自分の親ながら、まったくです」

谷川は大きくうなずくと、目を細めて目の前の庭を見渡した。

ゆっくりとした時間の流れが、春子の心を和ませる。

「桐島さん」ふと、谷川が言った。

「はい？」

「私と、互いの人生を思いあっていきませんか」

「は？」きょとんとしている春子に、谷川は続けた。

「私も桐島さんと、自分の両親のようになりたいんです。互いの人生を思い合い、支え合える二人に」

「私と……？」

「はい。あなたと」

「そんな……」

谷川の目は真剣だ。冗談を言っているようには思われない。春子は自分が年甲斐もなく頬が赤らむのを感じて思わずうつむいた。

「ありがとうございます」

春子の答えに谷川が表情を輝かせた。

「じゃあ……！」

「でも私、結婚はしませんよ」

谷川の言葉を遮るように、春子は言った。

「千春がいなくなって思うんです。やっぱり自分のペースで過ごせるって、心地いいって。私には、結婚は必要ないんでしょうね」

「そうですか……」

しょげ返る谷川を見て、春子は思い出すことがあった。泣いたと思ったらすぐ笑い、笑ったと思ったら次の瞬間には張り切っている……くるくると忙しく表情を変える、元・居候。

あの子は、元気でやっているだろうか。そんなふうに思えることが、春子には新鮮で、嬉しかった。

「でも、ほんの時々は……人の人生を思ったり、思われてかき回されるのも、楽しいのかもしれませんね」

そう言って春子が笑うと、谷川は「本当ですか」とまた明るい顔に戻って言った。

「いや、急ぎません。ぜんぜん急ぎませんよ。そうだ、この縁側で茶飲み友達から始めましょう。それから……」

はしゃぐ谷川が、春子には微笑ましく見えた。

二人が思い合い、支え合って生きていればそれだけでいい。「結婚」という名前で呼ぶか呼ばないか、それだけのことだ。

そしてこの人となら、あるいは……。

春子は二人で作った庭を眺めながら、ぼんやりとそんなことを考えた。

数ヶ月ぶりの再会。春子を驚かせようと思って、連絡はしなかった。

しかし、いきなり訪れた〈メゾン・フローラル〉に春子の姿はなかった。代わりに千春を迎えてくれたアルバイトの麻衣が、春子の居場所を「たぶん」という前置きつきで教えてくれた。

谷川の家には、純平と行ったことがあったので、それほど迷わずに辿りつけた。「たぶん庭にいると思う」という麻衣の推理も当たっていた。

そうっと庭の木戸を薄く開いて中を見ると、春子と谷川が縁側に並んでコーヒーをすすっている。

庭は、今が春の盛りだった。二人が眺めている庭には、辺りに漂う甘い匂いの正体、ゼラニウムがピンク色の花を咲かせていた。

「春子さん」

千春の声に、春子がポカンと口を開けてこちらを見た。普段の隙のなさからは、想像もつかないような表情だ。

「やった、サプライズ大成功！」

手を叩いて笑う千春に、春子が照れ隠しの大声で言った。

「ちょっと……千春！　連絡もなしに、どうしたの？」

「はい、実は純平くんが」

「工藤くんが、なに、どうした？」

「ニューヨークで個展を開けることになったんです。ちょうど向こうのバイヤーさんとも話をしてもらえそうなので、あっちに拠点を移そうかってことになって」

「だったら、どうして千春がここにいるわけ？」春子は首をひねった。「ついて行ったんじゃないの……って、まさか」

「違いますって」千春が笑い飛ばした。「いまは私が行っても邪魔になるだけだから、ニューヨークについて行くのは止めておこうかなって。純平くんが向こうで落ち着いたら、一緒に暮らそうって……呼んでくれるの、待つことにしました」

「なによ、もう、びっくりさせないでよ……ってちょっと待った。待つってどこで？」

「決まってるじゃないですか！　春子さんちですよ」

「え？」

「な、何言ってんの、この子は……！　さっさと結婚して、どこへでも行きなさいよ！」

「結婚しないですもん、まだまだ」

「勘弁してよ……！」

額に手を当てて天を仰ぐ春子に、千春が追い打ちをかけるように言った。

「さっ、春子さん早く早く！　引っ越しの荷物、もう春子さんちに届いちゃうんですよ！　早く帰らないと……あ、谷川教授、春子さん借りていきますね！」

バタバタと千春に引っ張られていく春子に、苦笑を浮かべた谷川がいってらっしゃいと手を振った。

南から吹く暖かな春の風が花壇に並んだゼラニウムの花を、静かに揺らしている。

その様子はまるで、花が春子と千春に向かって手を振っているようだった。

「結婚しない」理由

酒井順子

ドラマ「結婚しない」を見ていて、ふと思ったことがあります。それは、『結婚しないかもしれない症候群』っていうドラマが前になかったっけ、というもの。

調べてみたら、やっぱりありありました。それは一九九一年に、確かに放送されていたのです。時は、バブル真っ盛り。三十代を目前に控えた女性三人が、結婚にあせったりあせらなかったりしつつ友情を紡いでいく、といった内容であった気がします。

二十年前のドラマのことを思い返しつつ、私は「時は流れた」と思ったのでした。バブルの時代から二十年が経ち、「結婚しないかもしれない症候群」から「症候群」や「かもしれない」といった単語が外れ、今や「結婚しない」と言い切るまでになったのか、と。そして「もう今時、二十九歳じゃ誰も焦らないのかも」とも思った。

バブルの時代は、「人は普通、結婚するもの」という感覚から、「人によって結婚しないこともありうる」という感覚への移行期でした。八十年代およびその後のバブルという浮かれた時代は、「浮かれたままでずっと行けちゃうんじゃないの？」という若者達を生み出したのです。その若者達の視野の中に、「結婚」という二文字はなかなか入ってこなかった。

日本人の晩婚・未婚化の進行の原因は、もちろんそれだけではありません。バブル期の前には、男女雇用機会均等法が施行。女性が社会へとどんどん出るようになり、「男より仕事」というキャリア志向の女性も増えたものです。キャリアも結婚も、となるには、世の中の制度はまだあまりに整っていませんでした。

女性達が強くなっていく一方で、質量保存の法則のせいなのかどうかは知らないけれど、男性は加速度的にしなやかに優しくなっていきます。女性達がやる気マンマンであるのに対して、男性の腰は引けているというのも、晩婚化が進行する原因の一つかと思う。

ドラマ「結婚しない」を見ていると、天海祐希さん演じる春子と、菅野美穂さん演じる千春は、バブルを知っている世代と知らない世代の象徴という感じがするのでした。

四十四歳の春子は、男性のように働くタイプの女性。バイクにのったりして、行動も男性的で、いかにも「頑張ってきました」という感じだけれど、きれいでお洒落でもあり、不倫で傷ついた経験もある。

対して三十五歳の千春は、バブル期はまだ子供で、その恩恵には与れず、反対にバブル後の不況の波をもろにかぶった世代でしょう。仕事は派遣で、キャリア志向も無い。

私は世代的には春子側ですので、彼女の生き方はよくわかるのです。春子はきっと、若い頃から楽しいことをたくさんしてきたに違いない。色々な恋愛にも手を出したであろう。でも結婚に対してガツガツせずにいたら、いつの間にかこうなっていた……という感じよねぇ、と。

しかし千春のような人に対しては、どうもよく理解できません。春子のような例が上の世代にたくさんいるのに、そして不倫などという無駄な恋愛行動もせずにいたであろうに、なぜ結婚しないのか。そして結婚したいのであれば、なぜもっとあせってジタバタしないのだ、と。

『負け犬の遠吠え』という本を私が書いた時は、同世代つまり春子世代からは「わかるわかる」という声を、そして千春世代すなわちその頃の二十代女性からは、「負け犬にならないように気をつけます！」という声をたくさんいただきました。本を出した後、

「最近の若者は、下手な夢など見ずに、堅実にさっさと結婚していく」

という話を聞いた時は、「私もいいことしたじゃん！」と、天に宝を積んだような気がしたものです。

下の世代がどんどん結婚していったら、少し寂しいなという気持ちはありました。しかし、「ま、我々の世代で晩婚化は底を打ったということで、今後はゆり戻し現象が起きることでしょう」と、自然の流れを静観するつもりでいたのです。

しかししばらく経ってみても、日本人の晩婚化や少子化に歯止めがかかったというニュースは、聞こえてきませんでした。相変わらず、我が国では結婚難の時代が続いていったのです。

「あれだけ警鐘をならし、日本の未来のための人柱になったつもりでいたと

いうのに、なぜ君たちはもっと頑張って結婚しないのだ?」

と、私は若者達に言いたい気分に。

しかしおそらく、春子世代と千春世代では、結婚しない理由が違うのです。春子世代では、仕事でもプライベートでもあれこれと楽しい思いをし、選択肢がたくさん目の前に広がりすぎたために、最終的に選択できなかった、という人が多い。対して、不況の時代に仕事や結婚を模索し続ける千春世代は、仕事にせよ異性にせよ、そもそもの選択肢が少なすぎて、選択する気にならないのではないか。

「結婚しない」は、世代によって微妙に異なる「結婚しない」理由を感じつつ、両者間の心の通い合いを見ることができる物語です。春子と千春は、同種の生き物でありながら、しかし世代差という部分でわかりあえない部分も、確実にあることでしょう。しかし一方で、結婚していないというただその一点において、とても強い結びつきを得ることができる二人でもあるのです。

「結婚しない」という潔い断定調のタイトルは、しかしどこか不安定な響きを持つものです。つまり、「結婚しない」で終わるのではなく、その先に様々な文章をつけることができる感じがするのです。

「結婚しない、かと思っていたのにそうではなかった」

となるかもしれないし、

「結婚しない、けどパートナーはいますよ」

かもしれない。もちろん、

「結婚しない、ですやっぱり」

となる可能性もあるのです。


「結婚しない」という一文の先に、何が続くのか。その多様性こそが、少し大げさに言うならば、日本の未来にもかかっているような気がする私。二十年後にまた、「そういえば昔、『結婚しない』っていうドラマがあったわねぇ」と思い返す時、この国の結婚事情がどのようになっているのか、楽しみなのでした。

（作家）

結婚しない

白崎博史

2012年12月3日　第1刷発行

発行者　坂井宏先
発行所　株式会社ポプラ社
〒一六〇-八五六五　東京都新宿区大京町二二-一
電　話　〇三-三三五七-二二一二（営業）
　　　　〇三-三三五七-二三〇五（編集）
　　　　〇一二〇-六六六-五五三（お客様相談室）
ファックス　〇三-三三五九-二三五九（ご注文）
振　替　〇〇一四〇-三-一四九二七一
ホームページ　http://www.poplar.co.jp/ippan/bunko/
フォーマットデザイン　緒方修一
組版　株式会社鷗来堂
印刷・製本　凸版印刷株式会社

N.D.C.913/391p/15cm
ISBN978-4-591-13187-9
落丁・乱丁本は送料小社負担でお取り替えいたします。
ご面倒でも小社お客様相談室宛にご連絡ください。
受付時間は、月～金曜日、9時～17時です（ただし祝祭日は除く）。

削除ボーイズ0326

方波見大志

気まぐれに同じクラスの根暗女を助けたことから、直都は3分26秒間の出来事を消せる「制限事象削除装置」を手に入れた。装置を必要とするさまざまな事件が起こる中、直都の本当に消したい過去は――ままならない現実を駆け抜ける、少年少女のリアル・ファンタジー。第一回ポプラ社小説大賞受賞作。

学校のセンセイ

飛鳥井千砂

なんとなく高校の社会科教師になってしまった桐原。行動原理はすべて「面倒くさい」。適当に〝センセイ〟をやろうとするものの、なぜか問題を抱えた生徒や教師、そして友人たちが面倒ごとを持ち込んできて……小説すばる新人賞作家が描く、新しい青春小説の誕生。

解説／関口尚

ポプラ文庫好評既刊

優しい子よ

大崎善生

身近に起きた命の煌きを活写した、感動の私小説。重い病に冒されながらも、気高き優しさを失わぬ「優しい子よ」、名プロデューサーとの心の交流と喪失を描いた「テレビの虚空」「故郷」、生まれる我が子への想いを綴った「誕生」、感涙の全四篇を収録。

ポプラ文庫好評既刊

チェリー

野中ともそ

夢のような幸せな日々には終わりが約束されていた——。十三歳の少年ショウタは異国の地でモリーという名の不思議な女性と出会う。始めは奇妙な行動に戸惑うが、いつしか二人の間には絆が芽生えていった。美しい自然を舞台に繰り広げられる永遠の出会いの物語。

解説／藤田香織

ポプラ文庫好評既刊

食堂かたつむり

小川糸

同棲していた恋人にすべてを持ち去られ、恋と同時にあまりに多くのものを失った衝撃から、倫子はさらに声をも失う。山あいのふるさとに戻った倫子は、小さな食堂を始める。それは、一日一組のお客様だけをもてなす、決まったメニューのない食堂だった。巻末に番外編収録。

カクテル・カルテット

小手鞠るい

過ぎた恋を切なく思い出し、現在の恋に身を焦がす。ままならない思いに苦しみながらも、そこにもまた甘美な感覚が潜むのを発見する――甘いだけでも、苦いだけでもないのが恋。カクテルもまたしかり。さまざまなカクテルに寄せて、4人の男女の恋模様が描かれる物語。

ポプラ文庫好評既刊

空と海のであう場所

小手鞠るい

イラストレーターとして着実にキャリアを積んでいる木の葉に、作家となったかつての恋人アラシから一篇の物語が届く。遠い日の約束が果たされるとき、明らかになるのは——恋愛小説の名手が、時も距離も超える思いを描く、心ゆさぶる魂の愛の物語。

解説／市橋織江

ポプラ文庫好評既刊

ハブテトル　ハブテトラン

中島京子

「ハブテトル」とは備後弁で「すねている」という意味。母の故郷・広島県松永の小学校に通うことになった小学5年生の大輔は、破天荒な大人や友達と暮らす中で「あること」に決着をつけようと自転車で瀬戸大橋を渡る。直木賞作家唯一の児童文学！　解説／山中恒